大是文化　처음 읽는 삼국지 1~3

上課想偷看的三國志 ②

從赤壁之戰到三分歸一統，草船借箭、劉備借荊州、
周瑜獻計、黃蓋苦肉計、夷陵之戰，贏家做了什麼？

韓國圖文書超人氣漫畫家 **Team. StoryG**——著

劉玉玲——譯

目錄

上課想偷看的三國志 1

第 **1** 章

只是想熱血救國，結果被
搭訕惹

第 **2** 章

當英雄爭霸變打地鼠，
不是你死就是我活

目錄

上課想偷看的三國志 2

* 《三國志》為西晉陳壽所寫，《三國
演義》則為元末明初的羅貫中所著，
本書內容部分來自《三國演義》。

推薦語

即使三國時代已從 108 課綱消失，但這段歷史仍相當精彩，更是現在許多動漫、電玩、小說、戲劇等經常取材的寶庫。藉由閱讀輕鬆搞笑的漫畫，不僅能打開聊天話題，生活中信手拈來的幽默歷史哏，還能提升人文素養，讓人講起話來有趣又有料——如果學生上課偷看這套書，我還真能體諒老師有多難為！

——歷史教師、作家／吳宜蓉

兒時讀三國史每每半途而廢，表面假稱與蜀漢共情，不忍見諸葛亮鞠躬盡瘁，事實上是金魚腦記憶力太差，見出場人物眾多，遂仿孟獲棄書敗逃。

然而，《上課想偷看的三國志》（共兩冊），以幽默逗趣的漫畫重新詮釋千古風流人物，一舉打破了歷史讀物冗長繁雜的刻板印象。於是，漫長史料中的枝枝節節和來龍去脈，變成了一篇篇簡單易懂、生動精彩的故事，讓你從此讀史不再叫苦連天，與周公相約，反倒不捨掩卷，與一眾東吳美男雲遊江山如畫的世界。

——人氣作家／螺螄拜恩

正是貪玩的年紀～

動盪不安的三國時代

西元168年，漢朝面臨重大危機。
當時，由於年幼的皇帝無力行使皇權，
導致某些人逐漸把持政權。

其中，最具代表性的，
就是仰賴妹妹何太后的勢力，坐上大將軍寶座的何進，
以及十名輔佐皇帝的宦官——十常侍。

何進　VS.　十常侍

然而，有誰不想得到權力呢？
於是，為了爭權奪利，兩邊人馬做盡貪汙腐敗的壞事。
而最終受苦受難的，終究是弱小無助的百姓們。

直到有人站了出來，點燃百姓心中的怒火。

黃巾之亂

張角召集所有對國家不滿的人，
組成「黃巾軍」，並帶頭發動叛亂！

黃巾之亂一爆發，
何進便立刻召集士兵，鎮壓叛亂。

張角

他派出朱儁和皇甫嵩，討伐黃巾賊。

國家想要你

但對付黃巾賊，
不能用上所有的兵力，
因為還得對抗十常侍。
於是，何進開始召集一些民間的義兵。

此時，站出來支援的人，就是劉備、關羽、張飛！
三人同心協力消滅了黃巾賊，甚至結拜為兄弟，
立下生死與共的誓言！

關羽　　劉備　　張飛

最惡劣的暴君──董卓

隨著雙方鬥爭越演越烈，
在袁紹的建議下，何進決定除去十常侍。
但沒想到，何進反被十常侍率先剷除了。

何進一死，十常侍立刻挾持了皇帝。
晚了一步的袁紹，
連忙出兵攻打十常侍！
然而，就在袁紹一口氣解決十常侍，
到處尋找皇帝時……。

董卓竟挾持皇帝，並獨攬大權，
手段甚至比十常侍、何進更加殘暴。

人人都想打倒董卓，
但董卓身邊有堪稱天下第一將帥的養子呂布，
所以想除掉他，並不容易。

反董卓聯盟與貂蟬

為了對抗董卓一連串的暴政，
地方軍閥以袁紹為代表，組成反董卓聯盟；
成員包括袁紹的朋友曹操、同父異母的弟弟袁術，
以及劉表、孫堅。
除此之外，還有劉備、關羽、張飛。

全國軍閥啊！請
給予我力量！

不過，董卓最後竟然是死在養子的手上？
因為東漢臣子王允，為了挑撥董卓和呂布，主動獻上自己的養女貂蟬。

……妳做得到嗎？

父親，我可以。

而貂蟬的出現，也讓兩人反目成仇，
成功唆使呂布刺殺了董卓。

咳……　啊　啊！

董卓之死，軍閥的勢力鬥爭

董卓死後，天下依舊動盪不安。
軍閥們各據一方，
並利用地方派系，互相殘殺。

許多軍閥就此誕生，
其中包括袁紹、曹操、孫堅，
以及連個地盤也沒有、四處流浪的劉備。

曹操為報殺父之仇，
派兵攻打陶謙，
而劉備為了襄助他，親自前往徐州。
從那時起，劉備便在此培養勢力，
一直到陶謙死後，才接管徐州。

在此期間，
許多軍閥如流星般一下子出現，
又瞬間消失。

孫堅落入劉表的陷阱，
丟了小命。

殺死董卓的呂布，
最後被曹操處決。

宣布自立為王的
袁術也死了。

袁紹與曹操，官渡之戰

連北方惡鬼公孫瓚都被殺死，
天下最強的兩大軍閥勢力——袁紹與曹操，
勢必得展開一場殺戮。
這時，劉備、關羽、張飛又在做什麼？
在遭到曹操攻擊後，
這三人當然是各自走散了。

> 你沒有話要
> 對我說嗎？
>
> …

即便如此，他的心依然向著劉備。

劉備逃到北方的袁紹軍營，
而關羽則是因保護劉備的妻子，
被曹操捉住，
因此加入了他的軍隊。

> 怎麼可能！這麼說
> 來，我一直以來都
> 與大哥為敵囉？

就在得知劉備投靠袁紹陣營後，
關羽立刻離開了曹營。

曹操不願意痛失人才，
他連忙追上關羽，送上最後的道別……

> 這個非常暖和，穿上
> 它再走吧！嗚嗚～
>
> …

驚心動魄的官渡之戰

好喔！從今天開始1日1餐，撐下去就是我的了！

兵力比曹操多10倍的袁紹，堅信自己一定會拿下勝利！
另一方面，曹操則是苦撐近半年，
一邊找機會反擊。

這時，
投奔曹操的許攸，
帶來了一個天大的軍事機密。

官渡

叭 梆！

按照許攸提供的情報，
曹操偷襲袁紹軍隊的補給基地，成功逆轉局勢。

雖然袁紹勉強活了下來，
但戰爭引發的叛亂，加上身體狀況每況愈下，
最後還是離開了人世。

在那之後，
袁紹的兩個兒子袁譚、袁尚發生內鬥，
袁紹陣營因而走向分裂。

沒多久，
袁紹的勢力也被曹操消滅殆盡。

三兄弟與諸葛亮，以及孫權

從官渡之戰死裡逃生後，
劉備、關羽和張飛再次重逢，
投靠荊州的劉表，
並與曹操軍對抗。

此時，一位名為徐庶的軍師，
找上了劉備，替他出謀劃策，對付曹操。
不過，徐庶在母親的一聲召喚下，
離開了劉備。

由於徐庶一心向著劉備，
他向劉備推薦比自己更有才能的智者。

這個人就是諸葛亮！
也是劉備日後的一大支柱。

另一方面，
孫堅的兒子孫策則在南方培養勢力，
但因為過度征戰，不幸病發身亡，
最終得年26歲。

大哥，雖然我不會打仗，但我會讓這個地方發光發熱！

由孫策的弟弟孫權繼承。

第 *6* 章

※

赤壁大戰

丞相，起風了。

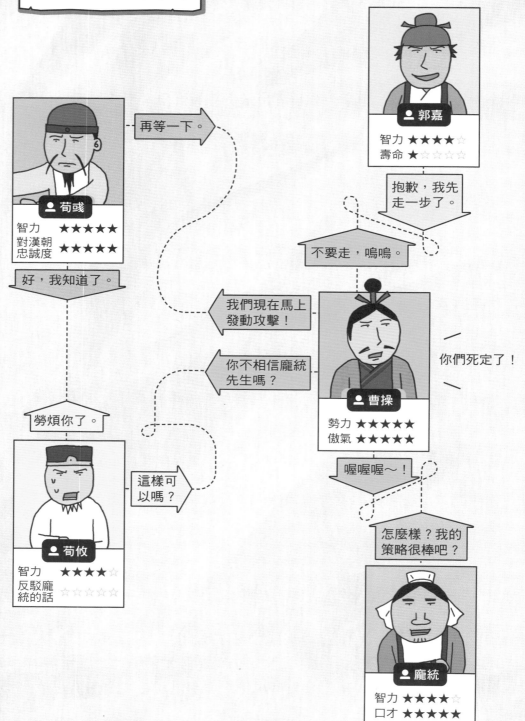

〈西元 208 年，襄陽。〉
劉表軍營傳出陣陣哭聲。

哎呀～

唉唷～

為什麼？因為劉表死了！

唉唷！

逝世時劉表高齡 67 歲，以當時來說，已經很長壽了！

嗯？這麼突然嗎？

傷心是一回事，現在該決定下一位繼承人了吧？

所有人注意！

難道你們忘了我丈夫的遺囑嗎？快點進行吧！

蔡夫人

是啊，劉表既然留了遺囑，就應該遵照辦理。但是！

大哥，抱歉了！

劉表並沒有讓長子劉琦繼位，而是立次子劉琮為繼承人。

蔡夫人

蔡瑁

劉琮

有什麼辦法？畢竟是父親的遺囑。

而且，問題還不只這些。

你說什麼？劉表大人死了？

新野

那劉琦他怎麼樣了？

這不是重點！

曹操平定了河北的袁紹陣營，那下一個倒楣的就是我們……。

曹操

曹操

曹操

蔡氏已經決定向曹操投降了！

劉琮，你只要聽為娘的話就好，知道嗎？

好的，母親……。

呃！最後劉表大人的荊州也會被曹操占領。

那也沒辦法。畢竟蔡氏在荊州是公認的大家族。

所以我們必須先攻打劉琮大人，這樣才能得到荊州，對抗曹操。

不行！不能再讓情況變得更混亂！

啪！

這裡是劉表的領地，不能讓百姓因為我而血流成河。

是，我就知道會這樣，所以提前準備好了！

不過，這樣沒問題嗎？這可是關乎劉備大人性命的問題。

您認為該如何安置這些百姓……？

劉備大人！

一起走吧！

我會追隨你！

劉備♥百姓

劉備

不要丟下我們！

一起走吧！

這一切，必須從劉備加入劉表陣營說起。

插畫日記？

很久以前，劉表所統治的荊州，有個惡名昭彰的蔡氏家族。

蔡

其中，與劉表結婚的蔡夫人，比起長子劉琦，反而更疼愛次子劉琮。

但是有一天，從中原逃到荊州的劉備，成為了劉琦的後盾。

所以，蔡氏家族十分厭惡劉琦與劉備～！

我恨劉備！給我待在新野，不准出來！

嗚～

……結束了！

噔——　　噔！

什麼？

總之，劉備依舊擋下了曹操軍隊的攻擊，畢竟有諸葛亮在身邊！

徐庶已經不在了，為什麼還是那麼強？

新野

不過，由於袁紹陣營徹底瓦解，位在北方的曹操主力部隊，得到了往南進攻的機會。

轟～隆～！

！

新野

於是，劉備只能逃走，但百姓們還在城裡！他該怎麼做？

您決定怎麼做？劉備大人！

劉備緩緩開口，

亮先生，江陵旁邊不是有長江嗎？

他不願放棄百姓，所以打算借助河水的力量。

襄陽

夏口

江陵

長江

拜託你！找出抵達江陵的最短路線，並安排能運送所有人的船隻。

只要到了江陵，接下來只要搭船前往夏口就行了！

真令人難為情，對一位臣子，說什麼拜託？

不過這樣也好，我能感受到劉備大人的心意……。

您起身吧！劉備大人可是我們的主公。

!!

臣諸葛亮，會遵照主公的意願！所有人一起逃到江陵吧！

劉備與百姓一同踏上了逃難之路。

新野

途中，劉備原本打算與劉琮見一面，但劉琮卻避而不見。

劉琮！出來稍微和我聊一下吧？

因為他實在太害怕了！自己膽小怯懦的投降，劉備卻帶著百姓們一起避難。

是母親叫我投降的，為什麼要這樣對我？

一部分的臣子對劉琮大失所望，甚至轉而投奔劉備，

我竟然打算為那種人賣命？

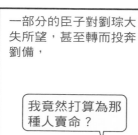

出乎意料的是，人數竟然多達 10 萬名！

又逃跑了？

也是啦，反正逃跑他最在行了！

曹操陣營

新野

是我看過最會逃跑的人！

漢朝丞相　曹孟德*

＊曹操，字孟德。

是啊，這個時候他應該早就抵達江陵了！

咬牙！

丞相！

劉備的軍隊剛經過襄陽，現在正前往江陵。

還沒到？

都是因為身後跟了一大群百姓，速度才會變慢……。

噗哈哈哈哈！果然是劉皇叔！直到最後都在為百姓著想！

這樣一來，那我呢？我就變成欺負主角的壞蛋了！

哈哈

哈哈哈

好！就這麼辦吧！把劉備抓起來！

遵命！

於是，曹操開始全力追捕劉備！

抓住他！

他派出軍隊，一路追擊正在逃難的劉備軍隊。

真奇怪？按照芝諾悖論*，我應該不會被抓到呀？

劉

*希臘哲學家芝諾認為，只要烏龜先出發，飛毛腿阿基里斯依然無法超越烏龜。

最後，劉備為了甩開曹操帶領的軍隊，開始擬定策略……。

主公！往這邊！

！

劉備讓先發部隊率先前往江陵，自己則帶領主力部隊轉換方向，準備過橋。

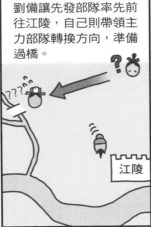

江陵

劉備被擊潰後，曹操仍窮追不捨。

哎，難得有機會，不如來消磨一點力氣吧？

接著，出現在曹操軍隊面前的，

呼一嗚！

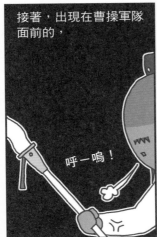

啪

嚓！

！

竟是一座被截斷的橋。

喔～你們終於到啦？曹操的小跟班！

而一把橋斬斷的人，就是張飛。

一直等有點無聊，所以順手劈了這座橋。怎麼樣？還不錯吧？

這時，他將手上的丈八蛇矛對準曹操的軍隊。

現在已經沒有其他搗亂的人了……。

長坂坡的張飛，再次讓曹操軍隊領教到他的厲害！

嘰

嘰

跟張飛我，一起玩吧～

上吧！敵人只有一個。

背水一戰的張飛，武藝相當高強，

與張飛作戰的士兵們，由於長時間追擊，體力難以負荷，

！

最後，曹操軍隊決定停止追捕劉備。

然而，就在劉備以為自己終於甩掉曹操軍隊的瞬間！

咦？我的兒子呢？

他的兒子阿斗，在一片混亂之中走丟了。

阿斗公子。

麋夫人！　甘夫人！

劉備發現此事後，雖想拋下家人繼續逃難⋯⋯

算了！只是一個兒子，不能被他拖累⋯⋯。

主公！趙雲將軍不見了！

什麼？

趙雲卻隻身一人前往敵營，尋找劉備的家人！

噹

噹！

快點！必須及時救出阿斗公子。

獨自前往敵營的趙雲，

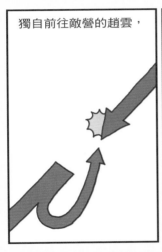

鍥而不捨的追在敵軍後方。最後，他衝進早已精疲力盡的曹操軍隊，

展現出驚人的槍術！

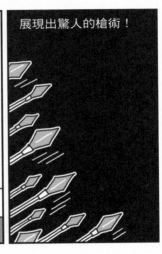

越來越多的曹操士兵陸續倒在趙雲的槍尖下，

他一步步的向前邁進。

您沒事吧？有沒有受傷？

就這樣，趙雲找到被曹操軍抓走的劉備家人。

孩子平安無事，但是⋯⋯。

為什麼把阿斗公子交給我？我來突破士兵的包圍，您帶著他吧！

不，我不走。

什麼？

我已經不行了，你帶阿斗走吧！

糜夫人……。

我走了！

夫人！不要啊！

糜夫人為了保護趙雲和阿斗，跳井自盡。

噗通！

最後，趙雲把阿斗抱在懷裡，再次跳上馬背。

阿斗公子，你再忍耐一下。

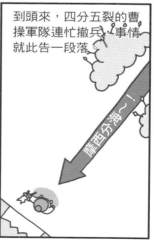

我趙雲，一定會讓公子活下去。

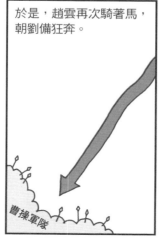

於是，趙雲再次騎著馬，朝劉備狂奔。

曹操軍隊

曹操的軍隊，此時有什麼反應？如今前方已經有了一個張飛！

放我……一馬……！

到頭來，四分五裂的曹操軍隊連忙撤兵，事情就此告一段落。

霹西分海～！

趙雲一個人殺入敵營，

把劉備的兒子阿斗，交到他的手裡。

嗒嗒

劉備大人，阿斗公子平安無事。

啊……！

啪！

為何要為了我的孩子賭上將軍的命？孩子再生就有了！

！

但是，再也不會有你這樣的將領了！我不能失去你啊！

所以，不要再做這種事了。我要你好好珍惜性命！

不論是張飛砍斷長坂橋，或是趙雲救回阿斗，怎麼看都像是自殺。

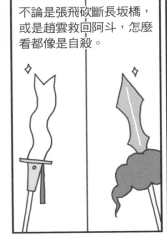

但這不正是因為他們的主公是劉備嗎？

沒錯！因為是劉備，所以他們才會這麼做。

愛才如命的劉備，最後也因這些傑出人才，撿回了一條命。

我們走！一起殺出一條活路吧！

就這樣，劉備的軍隊沿著水路，抵達夏口。

新野

江陵

夏口

接著，劉備立刻與劉琦會合，討論對策。

現在……打算怎麼做？

應該重新整頓一下士兵們才對？

而這個消息就這麼傳到鄰居孫權的耳裡。

你在說什麼？你打算投降？

此時，孫權的軍營。

曹操打從一開始就想攻打這裡，我們必須全力抗戰才行！

那有什麼用？你不知道現在是什麼狀況嗎？

周瑜

張昭

自曹操在官渡舉兵攻打袁紹陣營的那刻起，遊戲就結束了。

曹操

曹操

曹操

曹操在官渡之戰逆轉了局勢！我們同樣也能辦得到！

袁 1：2 曹

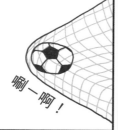

啊—啊！

就算如此，曹操不是還有皇帝這張牌嘛！你打算怎麼辦？

不就是一個魁儡？張昭大人，你到底站在哪一邊？

哈啊～你們說的都對，真頭疼～

孫權大人！魯肅大人回來了！

魯肅！辛苦你了！劉表的喪禮，情況如何？

是，孫權大人。我去觀察了一下狀況……。

魯肅

蔡氏一家已投靠曹操，目前沒有其他動靜，似乎不必擔心。

不過，曹操看起來反而對劉備更有興趣，他們之間好像有些什麼。

一定要抓到劉備！

劉備？你是說那個劉皇叔吧？

是，皇室的人都那麼叫他。

嗯～

劉備被曹操抓走了嗎？

劉備現在和劉琦一起待在夏口。

說是要招兵買馬，看來他們打算對抗曹操。

我可以加入吧？

！

那個……所以呢？

我今天在路上遇到劉備陣營的使臣，他說有話想對孫權大人說。

?!

初次見面，我是侍奉劉備大人的諸葛亮。

劉備的使臣諸葛亮，親自前往孫權的軍營。

聽說，你有話要對我說？

是，我來這裡是為了替主公劉備大人，傳話給孫權大人。

諸葛亮的目的其實非常簡單——結盟。

請和我們一起聯手對抗曹操吧！

當然，考量到孫權陣營的未來，諸葛亮說得一點也沒錯。不過，對手可是曹操！

走吧！

孫權陣營原本就為了這件事爭吵不休，正好諸葛亮提起這件事？

說點像樣的人話！

於是，孫權陣營中能說善道的人，開始站出來和諸葛亮舌戰！

新野被曹操一舉拿下，你們都在幹什麼？

我們有 1 萬名兵力，擋下 2 次曹操的攻擊，目前正在逃難。

別鬧了！

新野

要是曹操率領百萬大軍，你打算怎麼做？

虞翻

說好聽是百萬大軍，其實大都是袁紹、劉表軍隊裡的散兵！沒什麼好怕的！

...

你們不就是被這些散兵給打跑的嗎？你忘啦？

虞翻

就說我們只有 1 萬名兵力，你數學不好？

蘇秦和張儀*光靠一張嘴就讓許多國家打起來，你就是這種人！

噢喔。

後

頸

步騭

虞翻

*戰國時期鬼谷子的高徒。

是嗎？那兩位不是當時最厲害的宰相*嗎？竟拿他們來罵我？

*管理君王國政的最高負責人。

大家冷靜一下！諸葛亮，你覺得曹操是個什麼樣的人？

薛綜

還需要多說嗎？當然是逆賊！

不對！曹操已掌控全局，他不是逆賊，他只不過是遵循真理！這是上天的旨意。

什麼？

各位，這個人要造反了，快點把他抓起來！

你說什麼？

曹操忘恩負義，搶走了漢朝的領土，你竟然說他不是逆賊？

哎，借我一下！都說會還了。

一旦勢力變弱，你也會拿真理當藉口造反囉？你要拋棄朋友和家人？

抓到把柄了，你這傢伙！

不是、不是那樣的……。

很好！理由相當充足了！

但是，曹操畢竟出身名門，你的主公劉備只不過是個賣草蓆的商人嘛！

薛綜

陸績

看來陛下是因為不知情，才會口口聲聲喊皇叔，對吧？

劉皇叔！不要走！

喔……嗯……。

你憑什麼在這撒野？

該不會連書都沒讀好吧？

嚴畯

程秉

哎呀～看來你們就是讀太多書，所以才會講不贏我？

還是書上是這麼寫的？

用廢話來模糊焦點。

從張昭到程秉……諸葛亮一個人靠邏輯堵住7個人的嘴巴。

呃呃呃……。

但諸葛亮並沒有放下心中的大石，因為他還有一個對手。

我明白了，諸葛亮！

不過，我們已經決定要投降了！該怎麼做才能讓曹操放我們一馬？

請你說說看。

…

既然你都這麼說了，我確實有一個方法。

什麼？有嗎？

找出江東的大喬、小喬，把她們獻給曹操就行了！

你應該知道吧？現在曹操陣營流傳著這麼一首詩。

欸等一下，大喬、小喬是她們對吧？

嗯，孫策跟周瑜的妻子。

「……攬二喬於東南兮，樂朝夕之與共……。」

你不知道《銅雀台賦》這首詩嗎？

周瑜心中難以克制的怒火，反而讓周圍陷入一片寂靜。

……周瑜大人？

肅——靜

抖 抖

雖然魯肅後來把真相告訴諸葛亮……。

大喬是孫策的妻子，小喬是周瑜的太太。

嚇！

聽到別人對妻子虎視眈眈，有哪個丈夫能忍受？

反正我本來就想對決！我先去準備打仗了！

當然，我們也這麼想。

曹操這傢伙！

就這樣，兩方勢力決定結盟，一起攻打曹操。

我們也打算和曹操對戰，你不要太在意。

……不過，還是十分抱歉！

一切都在諸葛亮的計畫之中。

之後要找個機會賠罪了！

一切按照計畫

就這樣，在諸葛亮的神機妙算下，孫劉聯盟就此誕生！

呃啊！

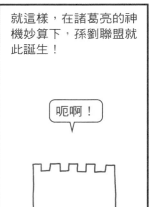

曹操得知消息後，頭痛欲裂，於是他開始遍尋良醫。

頭痛

當時醫術高超的華佗找上門來，曹操的病情因此逐漸好轉，不過……

先讓症狀減緩，觀察情況後再治療。

華佗

以目前曹操的狀態，根本無法打仗。

丞相！在頭痛症狀消退之前，最好先專心接受治療。

荀彧

突然！

不！要治病，就必須先除掉病因。

就是戰爭！殺掉劉備那個礙手礙腳的傢伙，還有乳臭未乾的孫權，我的頭痛才能痊癒！

噔 噔！

然而，曹操軍的狀況，還沒有好到能立刻開戰。

打仗是士兵的事，不是病患的事。

荀彧

首先，除了必須撲滅當時流傳的傳染病之外，

那時連口罩也沒有……。

曹操陣營不擅長水戰，這才是最大的麻煩。

嗚挖！

嘩嘩！

因為對於擅長陸戰的曹操軍隊來說，長江的水勢十分洶湧。

傳染病、不熟悉的作戰方式等，曹操陣營的問題堆積如山。

總之……先蓋好陣地，再做打算。

是！

另一方面，孫權的陣營此時……。

！

唰！

！

竟敢對我的大嫂和周瑜將軍夫人有非分之想？我們必須和曹操決一死戰！

和劉備一起聯手對抗曹操吧！

哇！

老弟，要來這裡，應該先來找我呀！

諸葛瑾
諸葛亮哥哥

諸葛亮和兄長諸葛瑾就這麼相遇了……。

我本來打算等事情結束後再去找你。見到你真開心，大哥。

是嗎？那今天晚上見面吧！有很多話要說？

是～

噹

……

當天晚上，在諸葛亮的宿舍。

阿亮，那個……。

你是想叫我投奔孫權大人吧？

！

還是被你看穿了。你是怎麼知道的？

重點不是這個，而是我的回答！

！

沒錯！不過，不是只有我這麼想。

！

大都督周瑜大人和魯肅大人都非常欣賞你！和我一起為孫權大人效力吧！

如果我是周瑜大人，應該會殺掉我，斬草除根才對？

我沒想那麼遠，但既然你這麼認為，那應該不會有錯。

大哥不如來投奔我們吧？

什麼？！

何必這麼驚訝？這可是我們一起為漢朝效勞的大好機會！

嗯……。

……我喝得差不多了，大哥。

諸葛亮看穿了周瑜的伎倆，給了他一記沉重的打擊。

好！既然你已經知道我想殺你，我也沒必要再隱瞞了！

很好！諸葛亮！我們走著瞧！

陰　冷

不久之後，周瑜上門拜訪諸葛亮。

你好，這陣子過得好嗎？

我過得很好，好到甚至讓我懷疑人生！

正好，我有一件事情想麻煩你。

周瑜指著一個空箱子，一邊開口道。

我們現在沒有箭了！你能否在 10 天內做出 10 萬支箭？

！

我雖然相信你，但為了防止你耍小聰明，我們不如來約定？要是做不出來就得處死？

嘮叨

好！就這麼辦吧。

嘮叨

＊周瑜極度個人的視角

不過 10 天太長了，3 天我就能做出來。

要是我 3 天做不出來，就按照軍法處死。如何？

鄙　視

諸葛亮瞬間落入了周瑜設下的陷阱，甚至親手將陷阱挖得更深。

你剛才說 3 天嗎？很好！不能反悔！我們 3 天後見。

嗯嗯。

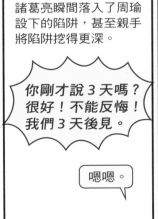

先生！你為什麼要答應？甚至還說只要 3 天……。

魯肅大人！長江立刻就要起霧了。

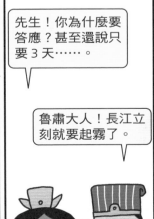

這種天氣最適合賞雨了，不是嗎？

3 天之內，而且還是玩了 2 天，最後 1 晚才……！

天啊，這是怎麼回事？

哎呀～你來啦？

諸葛亮真的準備了 10 萬支箭。

我原本想去找你呢！太好了！

有了這些箭確實很好，好得不得了……。

…

於是接下來，周瑜決定轉移目標，殺掉劉備。

嗖～

他準備了宴席招待劉備……

咻！

老弟，坐好。人家在招待我們。

是，大哥！

哐！

我坐大哥旁邊！

啪！

但他沒有預料到關羽和張飛也來了。

…

…

…

最後，想利用這場宴席暗殺劉備的計畫，也失敗宣告。

收據

周瑜氣得火冒三丈。

啊！既然如此，不是你死，就是我活！

他將諸葛亮找來，開門見山的詢問他下一步計謀。

你說說看！我們該怎麼贏過曹操？

你不是已經想出方法了嗎？

周瑜大人不也一樣嗎？

很好！如果計畫一樣，那就太好了！

那麼，在自己的手掌寫下方法，再給對方看，如何？

就這樣，兩人在各自的手上寫下自己的想法，

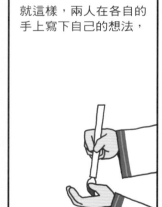

然後再把手掌攤開給對方看！

怎麼可能……。

！

真開心，沒想到我們的想法竟然一樣。

事到如今，周瑜也不得不承認諸葛亮的能力。

如果現在還不能殺他，就只好認可他的實力！還真了不起！

不過總有一天，一定得除掉他！

好！接下來的事，包在我身上！

好，周瑜大人！

由於諸葛亮和周瑜的想法一致，兩人立刻展開了計畫。

好，我們走！去放火燒曹操的船。

不久之後，某天在孫權軍隊的軍營。

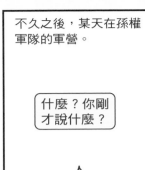

什麼？你剛才說什麼？

會議進行到一半，周瑜突然對著某個人大吼大叫……。

那傢伙的爺爺老糊塗了嗎？竟敢玩弄我這個大都督？

有你這樣的上司，計畫能成功嗎？乾脆投降算了！

……

黃蓋

黃蓋在孫堅還在世時，便追隨孫氏家族至今，是孫權陣營的一名老將！

黃蓋大人，該出去執行公務了！

就說我死了。

此時，忠心耿耿的黃蓋對上司命令視而不見。

大家太激動了！來～冷靜點！冷靜點！

甘寧

周瑜為了維持軍隊的紀律，立刻下令杖責黃蓋50大板。

冷靜？喂！把黃蓋和甘寧一起拖出去打！現在立刻！

什麼？

什麼！

呼！

你怎麼了？現在的氣氛……。

嘻一嘻！

都督大人的方法真不錯。

舉！

什麼？

苦肉計……如果是黃蓋，曹操絕對會上當！

什麼意思？

啪！

曹操軍營

黃蓋被杖責50大板的消息，傳到曹操耳裡。

是嗎？知道原因嗎？

?

於是，為了查清楚事情的真偽，曹操派出一名間諜……。

哼，我要向曹操投降。

什麼？別這樣啦，嗚嗚～

!

原來是真的，而且黃蓋還打算投降！絕對不能錯過這個消息！

蔣幹大人！你在這裡……做什麼？

哎呀！我明明偽裝得很完美。

這裡是室內，你這個白癡。

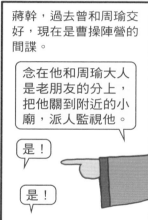

蔣幹，過去曾和周瑜交好，現在是曹操陣營的間諜。

念在他和周瑜大人是老朋友的分上，把他關到附近的小廟，派人監視他。

是！

是！

周瑜把蔣幹拘禁起來，讓他待在一個較為自由的地方。

他們為什麼會知道我是間諜？因為我穿間諜服嗎？

?

可是，小廟裡不只蔣幹一人！

你也是因為周瑜才被關進來嗎？真厲害。

這時，提議一起逃出小廟的神祕男子，究竟是何方神聖？

怎麼樣？要不要互相幫忙逃出去？

?!

隔天，曹操陣營！

曹操大人！
我是蔣幹。

！

是啊！一看就
知道是你！

調查結果發現，
黃蓋那件事確實
是真的。

而且我還在周瑜
的小廟遇見一個
人，和他一起逃
了出來。

什麼！你是！

你不是龐統嗎？

沒錯。

龐統

什麼？龐統？臥
龍鳳雛（年幼的
鳳凰）的龐統？

沒錯！就是
那個龐統。

鏘！

杯子……

和諸葛亮一起被稱作能
替君王的天下奇才！

呼喔喔喔

此時，天下奇才龐統來
到了曹操面前。

不必多禮，我
想借用一下你
的智慧。

！

我沒有打過水戰，
有沒有減緩暈船的
辦法？

喔～

嘩嘩～

很簡單，只要把船
做得像陸地一樣，
不就沒問題了？

喔喔！

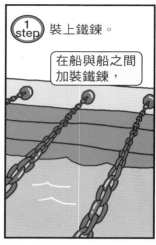

① step 裝上鐵鍊。

在船與船之間加裝鐵鍊，

② step 把家裡多出來的木板放在上面。

然後將木板疊加上去！

這樣一來，就能降低搖晃程度！

連環計

您覺得如何？既能穩住船隻，又能製造壓迫感讓敵人喘不過氣。

讚美我吧～

太棒了！

...

不過，萬一敵軍使用火攻，我們該怎麼辦？

荀彧

原本就有移動上的限制，如果船著火……。

噗！

?

現在是吹西北風！風從我們這裡往孫權軍隊的方向吹，你說他們會射火箭？

西北風

好啊！那就射吧！在火箭碰到我們的船之前，他們的旗幟早就燒起來了！

咳呃呃呃呃吼喔喔喔喔

連曹操都對這個方法讚不絕口！……等等，火攻法不管用吧？

咳咳！

啪滋！

周瑜大人！您沒事吧？怎麼突然……。

夠了！諸葛亮也來了，別被他發現！

我不能被諸葛亮看到這麼脆弱的一面……！

嗖—

大都督，諸葛亮已經等在外面了。

好！讓他進來！

諸葛亮上門拜訪周瑜。此時，周瑜雖然努力掩飾內心的煩惱，

請進！事情進展得相當順利，我本來還打算演一齣戲！

哈 哈 哈

…

但諸葛亮早已看出周瑜的顧慮。

是嗎？不過就算不演一下借東風，照樣會刮西北風，敵人們應該也不知道吧？

…

我正好在煩惱風向的事……

我來負責改變風向。

?!

所以，請都督做好萬全準備！我也會努力向上天祈禱！

…

真可怕！我竟然被他的鬼話說服了，諸葛亮……。

就這樣，在諸葛亮開始準備的期間，有個人找上了龐統。

好久不見了，龐統。

咦？徐庶？

是啊！好久不見，龐統。

師兄！

師兄也在為曹操效力嗎？真巧！見到你真開心。

呵呵呵！你說謊的功力變厲害了！

什麼？

你明明就不是曹操的人！

……

原來你知道啊！你要向曹操告發我嗎？

我？我為什麼要那麼做？

之前，我因為母親向劉備大人告別……

抱歉，劉備大人，可是我母親她……。

誰知道，那只是曹操的詭計，目的是為了拆散我和劉備大人。

我有叫你回來嗎？兒子，那應該是詐騙電話吧？

We all lie~
（韓劇主題曲）

所以，快走吧！現在不逃，會被曹操逮住！

……

拍！

這是我能幫劉備大人的最後方法！

……月亮還真亮！明天應該不會下雨。

……

一決高下的這一天，終於來了！

飄揚

80 萬對上 5 萬，人數落差有多大，壓迫感就有多驚人。

嗒

嗒！

…

任誰都會認為勝利屬於曹操陣營。但是……

？

丞相！有一艘小船正在往我們這裡前進。

哎！一看就知道是來投降的黃蓋。

呃，好冷

但曹操猜錯了，黃蓋並沒有在那艘船上。

報告！上面沒有人，只有一堆稻草！

什麼？

什麼稻草！說什麼鬼話！

好，都差不多了！

曹操的軍隊已經上船了！現在是大好時機！

快點改變風向吧！否則我們死定了！

…

咻一呼！

快點變……。

哐噹！

搞什麼？風向真的改變了嗎？區區一個人類？

你還在這裡做什麼？

難道你想錯過大好機會嗎？快點發布命令！

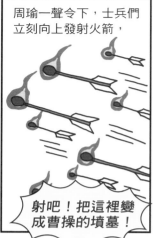

周瑜一聲令下，士兵們立刻向上發射火箭，

射吧！把這裡變成曹操的墳墓！

瞬間，數不清的火箭同時飛向曹操。

全軍撤退！船隻掉頭！

因為鐵……鐵鍊的緣故，沒辦法掉頭！

隨著火焰越來越接近，曹操也越來越肯定內心的懷疑。

哎呀～好亮啊！

丞相，快躲開！

我們中計了！

自己打輸了這場仗。

劉備這傢伙，竟然敢用這種方式把箭還給我，真是多謝了。

真的太感謝了！

曹操軍隊回過神來打算撤兵，但鐵鍊實在過於牢固。

喀呃！沒辦法斷開鎖鏈。

最後，曹操一行人棄船而逃。

喀呃！

憑藉這一招，孫劉聯盟順利擊敗了曹操軍隊。

周瑜大人！曹操逃走了！我們贏了！

…

是嗎？現在馬上抓住諸葛亮！

什麼？

要是留他一命，他肯定會成為禍害！快去抓！

我差一點就見閻羅王了！

趙雲

你來得正是時候，趙雲大人。

別這麼說。

諸葛亮早已看穿周瑜的心思，此時正悠悠哉哉的離開孫權陣營。

好，那繼續追捕曹操吧？

接下來，劉備的任務，就是追捕逃跑的曹操！

活下來就好了。你們給我走著瞧！

諸葛亮事先想了幾條曹操可能的逃跑路線，好在路上設下埋伏。

喔哼！

嘿嘿！

呀啊啊啊

先是遇上趙雲，接著碰上張飛，曹操驚險的克服一次又一次的埋伏。

我終究還是活下來了，劉備那些人也奈何不了我！

唉⋯⋯那種話放在心裡就好，為什麼一定要說出口？

曹操大人，您好！

！

曹操這下子不得不停下來了！因為這次站在他眼前的，是連他都甘拜下風的將領關羽。

噔

♢

好久不見！

噔！

啊⋯⋯啊啊⋯⋯。

關羽的實力，曹操當然比任何人都清楚。所以當下他還能怎樣？

噗通！

當然是不要臉的抓著關羽，求他饒自己一命！

救救我！關羽！你去找你大哥，殺了我那麼多將領，我不也原諒你了嗎？

我們以前不是很好嗎？

曹操一下子威脅，一下子哀求，真令人鼻酸。

光將領就被殺掉6個。

對不起，我不會再無理取鬧了。

要殺要刮，隨便你！

⋯⋯

你走吧！趁我還沒改變心意。

！

最後，關羽決定放走曹操，

親手推掉殺掉曹操的大好機會。

⋯⋯終究還是留了曹操一條命。

此時，劉備陣營……

你竟然放走了逆賊，這可是重罪。

我沒有臉見大家。

來人！把罪人關羽拖下去斬了……。

等一下！

哎呀！你這是在做什麼？快起來！

不，現在我以關羽長兄的名義求你！

跪

！

大哥！別這樣！這分明就是我的錯。

那我也一起死。我們不是對天發誓要同年同月同日死嗎？

！

大哥！大哥！

我知道關羽是個重情重義的人，這次的事就算了吧！

現在關公欠曹操的人情，已經還清了。所以下次……。

嗚～

嗚～

…

是呀，現在是必須團結的時刻，比起怨恨錯失機會，更應該體會留下來的珍貴事物。

赤壁之戰就此告一段落，

啊
唰

現在輪到周瑜反擊了！

諸葛亮
呵呵

赤壁聯盟的反擊

……？

周瑜

他帶兵攻打位在江陵城的曹操軍隊，

江陵

赤壁

此時留在江陵與周瑜對抗的人是曹仁和徐晃。

徐晃　曹仁

然而，就在周瑜攻擊江陵的期間，

出來！

我不出去！

江陵

劉備陣營也在計畫著某些事……。

…

他將目光轉向何處？就是荊州的南部地區。

南陽郡
江陵
江夏郡
南郡
長江
武陵郡　長沙郡
零陵郡
桂陽郡

無論如何，劉備陣營都要占領武陵、長沙、零陵、桂陽。

衝啊！就趁現在！

就這樣，劉備派出關羽作為先鋒，出兵攻打長沙郡……。

咻—！

嚇！

唰！

怎……怎麼樣？劉備你們這些傢伙！很痛吧？

韓玄

…

黃忠

此時占領長沙郡的人是韓玄，他的身邊有個神射手黃忠。

別過來！再過來，我就讓我家黃忠瞄準你的腦袋！

…

不過，關羽會因此放棄嗎？當然不會！

你射射看啊……

我叫你射射看……

你不射嗎……？

真的是！黃忠！現在下去把那傢伙的腦袋摘下來。

什麼？

於是，關羽和黃忠展開一對一的廝殺，

不僅不懂得敬老尊賢，還叫我……。

兩人搏鬥了一陣子……

鏘！

傾斜

？

？

在一番激戰下，黃忠從馬匹上摔了下來。

哎呀！我的頭！

哐噹！

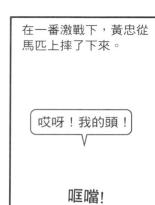

這時，關羽只要發動攻擊，黃忠肯定會沒命，不過關羽……。

…

在幹麼！還不上去！

？

關羽在一旁等待黃忠重新跳上馬背。

對決就應該光明磊落才對。

…

在遠方看著兩人對決的韓玄，再次對黃忠下達命令！

你在幹麼？不要發愣，快射箭！

咻

咚！

此時，黃忠射中了關羽的帽子。

!!

這個就當作還你人情了。

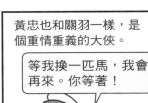

黃忠也和關羽一樣，是個重情重義的大俠。

等我換一匹馬，我會再來。你等著！

嗯嗯。

為了與關羽再次對決，黃忠返回城裡……。

你和關羽在幹什麼？也不把他殺掉。來人啊，把他抓起來！

然而，韓玄卻因而對黃忠產生疑心，將他押入大牢。

……

攻擊老人

拚盡全力和敵軍將領戰鬥，非但沒有獎勵，還被關入大牢？

這算哪門子的主公？真是的！

這件事對另一名韓玄的手下魏延，造成巨大的衝擊。

我沒有把握能一輩子為這種人賣命。

魏延

最後，魏延發動叛亂，親手殺了韓玄，直接替劉備打開城門。

歡迎～

?!

多了一塊領土，又得到了新的將領，真是太好了！

Yeah-!

…

不過諸葛亮很在意魏延。

那個叫做魏延的傢伙！臉上寫著大大的叛徒兩個字，將來肯定會造反，所以現在……。

但是，劉備不喜歡那種事，不是嗎？

沒關係。我身邊已經有先生了，還需要擔心什麼？

…

就這樣，從長沙、武陵，到零陵、桂陽……劉備陸續拿下了荊南4郡，

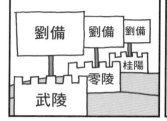

劉備

劉備　劉備

桂陽

零陵

武陵

同時也得到了不少智囊和軍師，而其中一個就是馬良。

光聽名字，不知道我是誰吧？

作為荊州的天才，馬良擁有一雙雪白眉毛，因此又被稱為「白眉」。

這樣你就不會忘記我的臉了吧？

馬良

另外，上次的赤壁之戰，還有一個幕後功臣。

幕後功臣？……該不會是！

他就是龐統！龐統回到了劉備身邊。

主公抱歉，我來晚了！

龐統！

我聽說了！曹操完全被你蒙在鼓裡？

沒錯，他徹底被我騙了。

謝謝你沒有選擇曹操或孫權，而是相信我！

哈哈……這都是託主公的福。

前陣子，在劉表的葬禮。

…

……葬禮要穿黑色的衣服，你不知道嗎？

來的路上太匆忙了！等等還要去別的地方……。

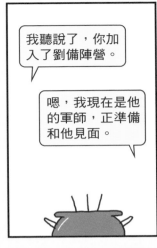

我聽說了，你加入了劉備陣營。

嗯，我現在是他的軍師，正準備和他見面。

龐統你呢？你打算繼續留在劉表的軍隊嗎？

我不知道。不管去哪，好像都差不多。

你要和我一起為劉備大人效力嗎？

才不要，我努力讀書，可不是為了去戰力最弱的地方！

你也好好想想，你是因為這樣才喜歡劉備，還是為了報答他的救命之恩？

！

他知道你來自徐州嗎？

?!

…

……抱歉，我說了不該說的話。

所以，我才想更了解劉備。

？

咚!

我已經裝出一副遠離世俗、傲慢無禮的樣子，試探過劉備大人的心意。

…

龐統，你有聽過，所謂人民就是天下嗎？

沒有。天下當然是陛下的，誰會說那種話……？

陛下不也是因為有百姓，所以才會存在嗎？說到底，天下就是人民！

!!

聽了劉備大人的這一番話，我便下定決心！只有他才能終結亂世！

跟我走吧！你不就是為了讓世界變得更好才讀書的嗎？

沒錯，確實是那樣……。

於是，連龐統也加入了劉備的陣營。劉備的軍隊就這樣越戰越勇。

以後請多多指教！

請多指教。

…

長沙

不過看在周瑜眼裡，他會怎麼想？

我們出兵對抗曹操軍隊，劉備卻把荊州占為己有？

小偷！

所以周瑜立刻找劉備理論，但劉備表示……。

我們還有劉琦大人，就是劉表大人的大兒子！

我幫助他，讓他接替劉表大人的位置，掌管荊州，這有錯嗎？

父親的葬禮我去不了，起碼也得守住父親的江山吧？

咳咳

咳咳

而且，劉琦大人活不了多久。到時候，我會歸還領土。這樣可以了吧？

……好。我知道了。

哼一

就這樣，劉備陣營拿劉琦作為藉口，開始統治荊州……。

呃！

最後，劉琦因病離開了人世。

什麼？

結果來得比想像中快。最終，劉備親自出馬！

您好，孫權大人。

？

他直接找上孫權，提出一個要求，希望能借用荊州的領土。

我們能不能暫時借用一下目前占領的土地呢？直到我壯大勢力為止。

…

劉備

一定要說嗎？不能乾脆什麼也不說嗎？

那也不行。

就算是聯盟，雙方的勢力還是存在差異。

還有赤壁那一次，當時用的幾乎都是我們的士兵！

周瑜

只要孫權下定決心，就能併吞劉備陣營，順利得到荊州。

嘻嘻

孫權

劉備

！

面對劉備的請求，孫權陣營又再次陷入爭執。

反對　贊成

持反對立場的周瑜認為，

我們不是要攻擊劉備……。

只是如果能併吞他們，我們就能輕鬆拿下荊州！

孫權
劉備
荊州

尤其是關羽和張飛，只要吸收這兩個人，肯定會成為孫權陣營的一大戰力。

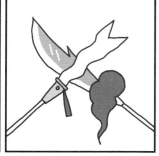

嗯，這兩個人確實能帶來幫助。

孫權大人！魯肅大人回來了！

嗯？魯肅？

我們現在必須加強同盟關係。

贊成

只靠我們的力量畢竟有限，所以必須讓聯盟更加強大。

$$1 \times 2 = 2$$
$$2 \times 2 = 4$$

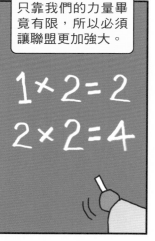

魯肅大人說得也有理，但我已經不能再相信劉備他們了！

…

那更應該贊成才對！怎麼能讓劉備直接加入我們？

好！我決定了！我有一個好辦法！

孫權答應劉備的請求，於是，劉備得到了治理荊州的權利。

幸好。

呼～

但這件事情還沒結束。

哎呀，何必走得這麼急？

孫權一直想把自己的妹妹介紹給劉備，

離開之前，和我妹妹一起吃飯吧！

？

咦？這麼突然嗎？

而且，不只是單純的互相認識，而是直接把妹妹和劉備湊成一對。

哇～劉備大人和我妹妹真匹配，對吧？

？？？

身為有婦之夫的劉備，當然十分惱火……。

孫權！你在做什麼？我可是有婦之夫！

甘夫人去世了。

嗯？

她不是去世了嗎？

沒錯。劉備的妻子甘夫人不久前才過世，孫權便主動提親。

老婆不要死

於是，劉備度過一段悲痛的日子後，重新振作了起來，

來，準備要拍囉！1、2、3。

同時成為孫氏的丈夫。

？？？？？？？？

？

？？？？？？？？

劉備突如其來的婚姻，

其實都是孫權想出來的計謀。

當然！你該不會擔心我真的把妹妹嫁給他吧？

真好吃……

想奪走荊州的土地，就必須先把劉備抓起來。

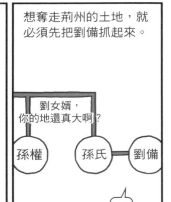

劉女婿，你的地還真大啊？

孫權　　孫氏　　劉備

…

新郎　新娘
劉備　　孫氏

要是能用妹妹當作誘餌召見劉備，想辦法在路上把他綁來當成人質？

更何況孫權和劉備是盟友！為了加強同盟關係才促成的婚姻，要是拒絕反而更奇怪。

怎麼了？你不相信我嗎？

…

最終，劉備和孫權的妹妹結婚了。一切按照孫權的計畫進行。

荊州的土地已慢慢落入我的手中，也該讓他們離婚了～

♪～

不過，這是怎麼一回事？

哥哥！我要跟我老公一起住在荊州。

？

此時，真正的人質不是劉備，反而是孫夫人？

我聽說了！你是為了搶走荊州才這麼做的嗎？我喜歡劉女婿，所以我贊成。

什麼？

吳國太
孫權母親

究竟出了什麼差錯？計畫明明如此完美。

呼！

事實上，諸葛亮一開始就看穿了孫權的計謀。

因為甘夫人正好也去世了，所以……。

他想辦法讓劉備與孫氏結婚的消息，傳到孫權母親耳裡。

孫權大人想把孫小姐嫁給劉備大人，您不知道嗎？

什麼？

孫權的母親吳國太，得知消息之後，立刻站出來反對！

身為兄長，竟然打算利用妹妹爭奪地盤？

吳國太

我的女兒！

此時，劉備正好來到吳國太面前。她心想，劉備雖然有些年紀，但品行似乎還不錯。

閃 亮

您好，我是劉玄德。

於是，她不只答應了兩人的婚事，還同意將孫氏嫁到荊州。

不過，我應該可以吩咐那些拿刀帶槍的侍女們跟在旁邊吧？

…

當然，這個結果雖不如孫權的預期，但孫劉聯盟確實變得更加穩固。

…

…

既然內部問題已經解決了，也該慢慢把目標轉移到外部了吧？

嗯。

不是嗎？周瑜？

趁曹操和劉備都忙得不可開交的現在，就是機會！

此刻的周瑜，正在打益州的主意。

什麼？為什麼是這裡？

劉璋　張魯

你問我，為什麼周瑜要打益州的主意嗎？讓我們來看看益州當時的情況吧？

走向益州

 不是走不過去嗎？

...

原本益州是劉焉的兒子劉璋所統治的地區，

哼，父親為什麼會喜歡那種傢伙？

劉璋

而北邊名為「漢中」的都市，則交給張魯治理。

劉璋竟妄想得到這塊地……。

劉焉在世時，將那塊地給了張魯，於是張魯便開始跟隨劉焉。

得趁這個機會，好好把我的五斗米教發揚光大。

五斗米教？那又是什麼？

是張魯創立的宗教，也是邪教。

這令劉璋十分厭惡，因為張魯是過去追隨父親的人，而不是為自己賣命的人。

坦白說，那塊地是我父親的，那現在不就是我的嗎？

因此，雙方展開一番廝殺，而孫權陣營的周瑜，則默默的在一旁關注。

張魯

劉璋

...

孫權

於是，周瑜向孫權提議攻打益州。

曹操在赤壁吃了敗仗，應接不暇現在就是機會！

喔……。

不過，周瑜你還好吧？氣色看起來很差……？

我沒事。我馬上就回來了！

不，此時周瑜的身體狀況，已經到達了極限。

……

他和孫策一起在江東征戰時，受了不少傷，

後來又因諸葛亮，在精神上飽受壓力。

雖然到最後，他還為了孫權，出兵討伐益州，

衝啊～！前進益州……！

咚！

但在前往益州的路上，卻因為長年疾病發作倒地不起，

都督大人！

將軍。

哐噹

就這樣離開了人世，享年36歲。

老天爺！您既然讓我出生了，為什麼還要讓諸葛亮活在這個世界上？

……

孫堅

我叫你不要學我！

不要哩～來抓我啊～

周瑜

孫策

周瑜臨死前留下遺言，決定由魯肅繼承自己的位置。

你知道嗎？亮先生？

於是一時之間，各陣營恢復了平靜的生活。

和先生見面的那一天，你對我說了這樣的話。

！

劉備大人想要的天下，也正是我所盼望的。所以我要追隨您！

那句話有這麼厲害……？真慚愧啊！

為什麼感到慚愧？一切明明還沒開始？

什麼？

那天我說的話，還有後半句，您似乎忘了？

劉備大人想要的世界，只有三分天下，才可能實現。

現在已經站在起跑線了，這個世界會鳴起槍聲。

！

三分天下之計，就是我獻給劉備大人的計謀。

噹——噹！

等著瞧吧！很快就來臨了！

公孫康*

馬騰與韓遂

曹操

張魯

劉璋

孫權

劉備

這是當時三國志的地圖

哇～

＊詳見第一冊的第 190 頁。

在赤壁吃敗仗的曹操，接下來會如何？

我不會放過你！

劉備。

上當了。

誰又能奪下益州這塊全新的領土？

還能是誰？那本來就是我的！

這些故事，下一章告訴你！跟我來！

三國 ^{噓!} 攻略筆記

> 竟敢在我的地盤，直盯著我看？

劉表是個善良的人？

劉表雖然不像其他軍閥一樣，
主動向外侵略，但他在自己的領土內，
言行舉止就像個皇帝，
對於漢朝來說，劉表同樣是個逆賊。

劉琮

劉琮向曹操投降後，
日子似乎過得十分愜意。
不過，他和袁譚、袁尚一樣，
都是選錯繼承人的失敗例子。

> 我只是聽令行事而已……。

> 雖然我不是偽造專家，但試一下……。

欺騙徐庶的人是？

欺騙徐庶的人，
就是曹操陣營裡的軍師程昱。
之後，徐庶雖然加入了曹操軍隊，
卻沒有受到重視，最後離開了人世。

反骨的面相

魏延的脖子有塊明顯突出的骨頭，
諸葛亮稱之為「反骨的面相」，
並預知他將來必定造反。

> 看什麼看？沒見
> 過脖子突出一塊
> 骨頭的人嗎？

> ⋯⋯

> 那你不要吃
> 飯啊⋯⋯。

> 作為一個男子漢大
> 丈夫，竟然還沒建
> 功立業⋯⋯。

髀肉之嘆

這句話的由來，是有次劉備看著
自己腿間的肉，一邊唉聲嘆氣。
意思是指，一個人感嘆自己虛度
光陰。

大哥,你好好休息,抓曹操的任務包在我身上。

各位～曹操來了。

還是我來抓吧?

華容道

曹操輸掉赤壁之戰後,最後逃到華容道。事實上,關羽曾加入曹操的陣營,所以被排除在這場戰爭之外,後來關羽以性命做擔保,向諸葛亮提出參戰的請求,因此才被安排在華容道的最後一個路口。

吃飯皇帝大

五斗米教

與太平道一樣,屬於道教的一種。想要成為其中一員,就必須交出白米5斗(約40公斤),所以被稱為五斗米教。

甘夫人

劉備的妻子。
死後才被封為昭烈皇后。

麋夫人

劉備的妻子，
同時也是麋竺的妹妹。
把兒子託付給趙雲之後，
便自我了結。

孫夫人

劉備的新任妻子，
同時也是孫權的妹妹。
有個家喻戶曉的名字，叫做「孫尚香」，
身上有家傳的將士之風。

既生瑜，何生亮

這是周瑜在臨死前說
的話，由此可知他有
多麼在意諸葛亮。

和諸葛亮生在同
一個時代，實在
太殘忍了～！

第 7 章

✳

三分天下 ①

敵人如果太強，讓他變弱就好

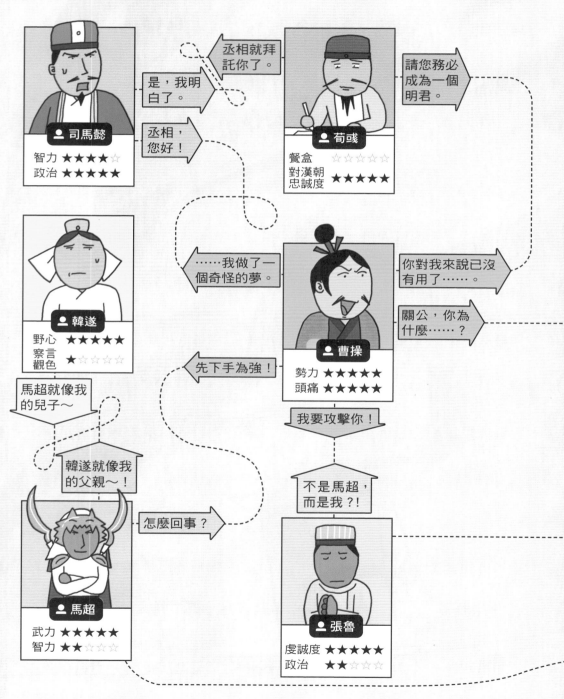

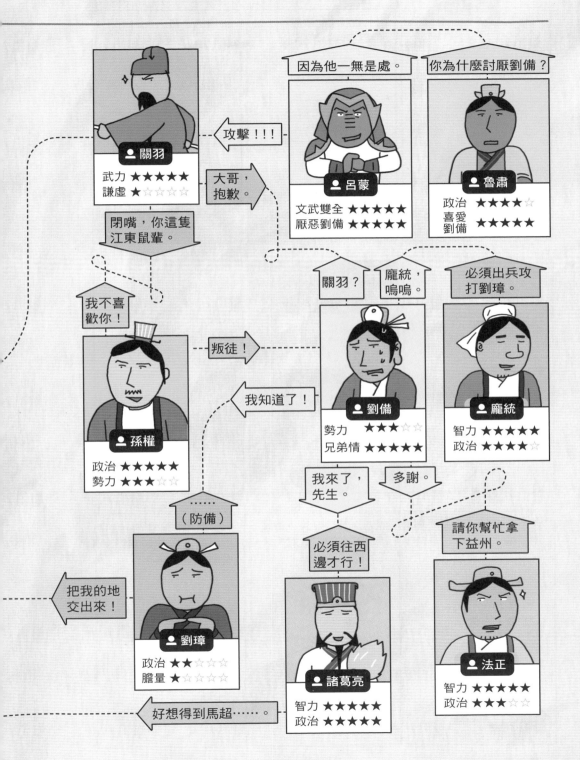

〈西元 211 年，西涼地區〉

這一帶廣闊的草原，足以將馬兒養得又肥又壯，

哎呀，好無聊啊。

同樣的，雄心也能壯大一個人的力量。

父親到底在做什麼，一點消息也沒有？要去看一下嗎？

馬超

此時統治西涼的人，就是馬超與韓遂！

馬超～！餵馬吃草了嗎？

是～都餵完了。

韓遂

他們為了完成即將實現的大業，正在一點一點累積力量。

現在還不是時候嗎？最近我的狀態還不錯！

再等等吧！就快了！

緊握！

大業？難道他們也？

沒錯！進軍中原。

而這件事難道被曹操發現了嗎？

韓遂大人、馬超大人！大事不好了！

赤壁之戰結束後，曹操調理好身體，這次準備派軍隊向西邁進！

這次往西邊！前進！

對於曹操軍隊突如其來的舉動，馬超與韓遂都有同樣的想法……。

先下手……？

為強……？

好！既然如此，我們先發動攻擊！

OK！

於是，馬超與韓遂二人，帶著自己的軍隊與曹操正面對決！

呀吼～！

消息傳到曹操耳中時，他說了一句話！

什麼？西涼的馬超帶兵攻過來了？

是，沒錯！

為什麼？

……就是說啊？

沒錯，就是滿頭問號。因為一開始曹操的對象並不是西涼，而是張魯。

馬超、韓遂

嗯？

曹操

張魯

但是，馬超他們卻以為曹操的攻擊目標是自己。

你以為這是哪？竟敢偷溜進來？快滾出去！

啪嗒！

哎呀，嚇我一跳！我會安分守己的待著，你們忙你們的。

……？

張魯

喂……那個……。

最終，曹操正式進攻至西涼，

……沒錯，是你先開始的！

一場誤會引發了馬超陣營和曹操陣營的戰爭！

哐！

消息一傳開，曹操陣營立刻在洛陽逮到了一個令人意想不到的人。

兒子……。

這人就是曾經擔任漢朝官員的馬超之父馬騰。

你忘了父親在這裡了嗎？

嚇！父親？

馬超和韓遂的行為等同於叛亂！作為反叛者的家屬，自然難逃一死。

你還真不會教孩子呢！

…

就這樣，馬超平白無故的失去了家人。

呃啊啊啊！曹操！

喂，馬超，冷靜點！我也失去了朋友，很傷心！

不，我不傷心，我沒有時間傷心難過。

！

這樣反而更好，再也沒有人能妨礙我了！

馬超決心收起眼淚，再次登場！

將軍，你看！馬超出現了！

！

夏侯淵

他一現身，曹操陣營裡來自西涼的士兵，嚇得落荒而逃。

…

呃！

喂！你去哪！

畢竟西涼地區的人，原本就以擅長騎術而聞名。

衝啊。

噠噠噠噠噠噠噠噠噠

在這之中最厲害的人，當然非馬超莫屬。

凡是聽過他的稱號「錦馬超」的士兵，都不得不倉皇逃跑。

曹操出來！

不過，由於曹操身邊有個神射手夏侯淵，

就是因為那樣，所以大家才叫他錦馬超！

即便馬超再怎麼敏捷，也只能撤退。

呿！

馬超是個怪物！

見到馬超的武功如此高強，和他正面交戰肯定沒有勝算！

丞相！我有個好主意。

？

於是，曹操必須找出戰勝馬超的辦法。

馬超的武藝雖然相當出眾，但性子急躁，我們只要好好利用這點就可以了！

賈詡

不久後，位在西涼的馬超陣營……。

什麼？你說要和曹操和解？

曹操是你的殺父仇人，為什麼要和解？

用和解當作誘餌，把曹操引過來。

韓遂

？

馬超

然後，趁他不注意……！

很好！既然這樣，我也一起去！我會助你一臂之力！

好，謝謝你！父親。

馬超正計畫著親手暗殺曹操。

咦？父親？

我會把您老人家當成是我的父親！

就這樣，馬超和韓遂假裝提出和解，和曹操親自碰面……。

哎呀～這裡就是西涼啊？

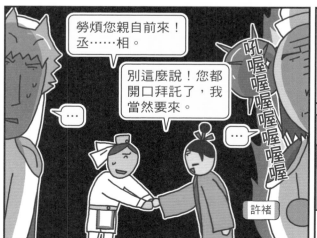

勞煩您親自前來！丞……相。

別這麼說！您都開口拜託了，我當然要來。

…

…

吼喔喔喔喔喔喔喔喔喔

許褚

當下氣氛一片和樂，曹操向韓遂表現友好的一面，並積極化解彼此的紛爭。

……很好！雖然立刻暗殺他有點困難，不過和解也不錯。

然而，事情發展卻漸漸超出馬超的預期？

等等，這件事我們討論就行了吧？別白白讓你的將領們罰站。

嗯？是嗎？

已經和解完畢了，大家回去休息吧！我們還有些事要討論。

遵命！

馬超你就先回去！

曹操送走馬超後，獨自留下來和韓遂說笑，表現得十分要好。

怎麼回事？他們本來關係很好嗎？

哈！哈！哈！

一切似乎有些不對勁，馬超並不知道韓遂和曹操的關係如此親近。

等等，如果他們這麼要好，為什麼老頭子沒告訴我？

他心中的懷疑逐漸膨脹，

難道這……打從一開始就是個陷阱？

最後，韓遂和馬超之間出現了裂痕。

你怎麼能這樣做？虧我把你當成父親看待！

你在說什麼？我做什麼了？

你倒是說說看啊！把我支開以後，你們說了什麼？

都說了沒什麼！你竟敢這樣對待你的父親？！

……

真不愧是賈詡！竟然能想出這種反間計。

丞相，在下不敢當。

曹操一直等待兩人的關係徹底決裂，

水滾了！

咕嚕～

咕嚕～ 咕嚕～

趁著馬超和韓遂自相殘殺，曹操再次出擊，

內部分裂嚴重的馬超陣營，只好就此撤兵。

韓遂大人退出遊戲。

馬超大人退出遊戲。

接下來，曹操一步一步的執行併吞西涼的計畫。

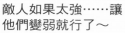

敵人如果太強……讓他們變弱就行了～

此時，位在益州的劉璋得知了這個消息。

什麼？曹操殺了西涼的韓遂大人和馬超大人？

不，他們各自逃亡了！

成都

不過，益州也會因此面臨危機！您需要做出決定！

法正　　張松

但是……曹操不是很強嗎？連馬超都輸了，我們還有辦法贏過他嗎？

劉璋

不過，這塊地是父親留下來的，我得好好守護……怎麼辦？要和曹操決一死戰？還是投降？

…　…

時間不斷流逝，氣氛變得越來越凝重。

劉璋大人，不如這樣吧？

這個人就是益州的天才謀士，法正。

向荊州的劉備請求支援吧！

法正

劉備！

吼喔喔喔喔

劉備

就是皇帝的叔父，那個讓曹操大軍沉入長江的軍事天才？

握拳一！

要是劉備願意幫忙，那該多麼振奮人心啊？

劉備

啊……太帥了。

劉璋

於是，劉璋命令出主意的張松和法正，立刻前去拜訪劉備。

快點去！在曹操對我們發動攻擊之前。

遵命！

我一定會把劉備大人請過來！

不久後，兩人抵達劉備所在的益州，

劉備大人！益州派使臣過來了！

益州？那不是劉璋的臣子嗎？

向劉備問安後，二人緊接著說出令人意想不到的話！

臣法正、張松！前來拜見劉備大人。

現在益州陷入了危險，不只有個無能的君王，甚至還受到外敵威脅！

我們誠心的懇求您，請您來統治益州吧！

噎

噎！

?!

法正開口：「把劉璋趕走，你來治理益州！」

法正大人瘋了！

益州領土＋
士兵＋人才
＝免費！

這是劉備陣營唯一的機會！尤其對提出天下三分之計的諸葛亮來說，更是如此！

YES!　**好！**

不過劉備是誰？不管是和陶謙待在徐州時，或者是與劉表待在荊州時，他都拒絕接管土地。

搖頭　　　搖頭

劉備大人！您怎麼能如此思慮不周？難道你想拋下落入曹操手中的益州百姓嗎？

這次劉備也打算拒絕，但是……。

抱歉，你剛剛說的……。

是，我知道了。那就這麼說定了！

我們也正有此意，我們會去益州！

龐統

龐統！

我們確實搶走了劉璋的地盤，但只要百姓得到照拂，不就行了嗎？

百　姓

所以，臣也懇請您攻占益州，阻擋曹操！

在眾多臣子，尤其是龐統的懇求下，劉備最終接受了請求。

好！那就試一試吧！

〈西元211年，益州〉

劉璋大人！不能讓劉備加入啊！劉璋大人！

劉璋親自到城門前招待劉備，

劉備大人，非常感謝您的到來！

噓！

劉備也回應了劉璋的熱情款待，順利抵達益州。

別這麼說，這是我該做的。

很好，現在劉備準備大開殺戒了吧？

沒有正當理由，劉備會隨意出兵嗎？

一開始，劉備依劉璋的請託，前往北方駐守邊疆，不過……

好！那我去去就回。

那就拜託你了！劉備大人！

那只是一開始……

嘻一嘻！

成都

等到時機成熟、等到劉璋先背叛……。

在那之前，不如一邊阻擋張魯的軍隊，一邊熟悉益州的地形？

為了等待機會，劉備在益州待了一年。

曹操

張魯

劉璋

劉備

就這樣，一年過去。時間來到西元212年10月的壽春。

哐！

?!

孫權

在這裡，有個人提早邁向死亡……。

荀彧老先生，已經正中午了！該起床了……。

老……老先生？老先生！

荀彧老先生！

?!

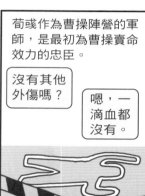

荀彧作為曹操陣營的軍師，是最初為曹操賣命效力的忠臣。

沒有其他外傷嗎？

嗯，一滴血都沒有。

嗯……沒有出血。這麼說來，應該也不是自然死亡。

不過，現場發現了一件可疑物品。

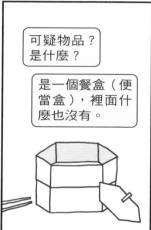

可疑物品？是什麼？

是一個餐盒（便當盒），裡面什麼也沒有。

我稍微調查了一下餐盒的來源，才知道送餐盒的人正是曹操！

！

謎題全部解開了！荀彧是自殺身亡！

一切都要從曹操和荀彧之間的矛盾說起。

什麼？到底為什麼？

有什麼好可惜的？

曹操與荀彧之間的糾葛是這樣開始的……。

事情的始末

漢朝

曹操一直想推翻漢朝，坐上皇帝的寶座。

…

然而，荀彧卻不斷從中阻撓，希望曹操能安分守己。

啊！

搧！

曹操總有一天想登上皇位的野心，

…

還有百般阻撓的荀彧！

…

就在這時，曹操決定要拋下荀彧！

老先生！這是丞相送來的食物。

曹操大人？快打開看看！

曹操送了一個空餐盒給荀彧。

你現在就跟這個空餐盒一樣，自我了結吧！

…

我明白了！請您務必要成功！

荀彧乖乖照著曹操的命令，很快離開了人世。

……別哭，美夢就快要成真了！

沒想到比任何人都更效忠曹操的荀彧，竟然被拋棄了！

沒錯……曹操，別哭了……。

接著，西元 213 年，曹操出兵攻打孫權。

我要攻擊你！

為什麼？

孫權

在曹操的突擊下，孫權連忙向劉備討救兵……。

幫幫我！

劉備大人！孫權向我們請求支援。

…

劉備等的就是這一刻嗎？

我等的就是現在！把信送到劉璋大人手上！

孫權是我的弟弟，所以我必須幫助他。給我一點士兵和軍需品吧。

——劉備

…

但此時，劉璋拒絕了！

憑什麼？

站在劉璋的立場，劉備尚未除掉張魯就算了，竟然還打算回來？

各位，看來劉備把我當成笨蛋了，對吧？

！

！

最後，劉璋當然沒有答應劉備的請求。

來，這樣可以了吧？

！

沒錯，一切都在劉備的預料之中！

就這些？我一年來的努力就值這些？

大家聽著！我不會再替劉璋做事了，我要出兵攻打他！

跟隨我吧一！

嘩！

嘩！

看吧！你明明做得很好！

拍

拍

拍

於是，劉備轉移了攻擊目標！

混亂～

漢中

劉璋

他早已蓄勢待發，立刻朝劉璋發動攻擊，

嘩！

劉璋這才發覺大事不妙，馬上像縮頭烏龜一樣躲回城裡。

劉備，原來你一開始就想搶我的地盤！

劉璋

嗖！

成都

劉備迅速的派出士兵，然而此時，他的面前出現了兩條路……。

全部停下！停！

是2條岔路！其中一條路相當寬廣，

另一條是新闢的小路。

真令人傷腦筋！要是亮先生在就好了……。

亮先生曾叮嚀過，要慢慢前進！

我和亮先生是魚水之交！

亮先生？

亮先生！

別再亮先生了！

……

劉備大人，現在最好兵分兩路，您走大路，我走小路。

咦？為什麼？

小路應該有敵軍埋伏，所以我走這裡。

咦？這樣我們一起走大路不就行了？為什麼要冒險？

別擔心！我自有打算！

嗖！

龐、龐統先生！

哎呀！

哐噹

龐統的馬突然跌了一跤。

你沒事吧？都說和我一起走了……。

不、不必了！馬只是摔了一跤，沒什麼大不了的……。

哈！ 哈！

哈！

那我先走了！再見！

先生！你受傷了！沒有馬，你要去哪裡？

龐統絲毫不理會劉備的挽留，於是劉備決定向他提出建議。

和我換馬吧！

什麼？不必了！主公的馬我怎麼敢……。

不過，你能答應我一件事嗎？

什麼事？

要是有人埋伏，你一定要馬上撤退。

慢也無所謂，你一定要活著，聽懂了嗎？

……是。我知道了。

之後，龐統騎上劉備的白馬，轉身離去。

什麼嘛……為什麼好端端的把人弄哭？

就這樣，龐統一行人沿著小路走了一會兒，緊接著經過一條溪谷。

還真是……綠意盎然啊！

此時，龐統沒來由的內心有些慌亂，一股不安感油然升起。

這裡有地名嗎？有的話是什麼呢？

這條溪谷叫做「落鳳坡」，意思是「墜落的鳳凰」。

什麼？落鳳坡？

哎呀，我是鳳雛龐統！難道是命運在捉弄我嗎？

就是現在！全員發動攻擊！

我的驕傲自滿，竟然讓我自掘墳墓！

瞄準白馬！

如龐統所料，劉璋的士兵果然埋伏在新關的小路上。

劉備就坐在白馬上！

是！

數不清的箭矢同時射向坐在白馬上的龐統，

雖然不曉得凶手是誰，但溪谷的名字取得真好……。

西元 214 年夏天，劉備的鳳凰龐統，離開了人世。

諸葛亮在劉備的呼喚之下，來到了荊州。

劉備大人，該振作起來了！龐統要是見到大人這副模樣，該有多自責？

他的一句話，讓劉備重新打起精神。

沒錯，亮先生！全體士兵，攻擊劉璋！

於是，劉備再度對劉璋發動攻擊。

怎麼回事？不是說劉備死了嗎？

成都

劉璋越來越焦急。最後，他將視線轉向別處……。

大家快點想想！有誰能阻擋劉備？難道沒有任何人能抵擋他嗎？

…　…

等等？這附近不是有那傢伙嘛！有救了！我們得救了！

笑咪咪～

把劉備叫來這裡，不就是為了擋住那傢伙嗎？

玉皇上帝啊……。

您是對的！馬超大人不該待在西涼的草原。

嗒

張魯

我也不想回到那種鳥不生蛋的地方。

馬超

嗒！

龐德

於是，劉璋向張魯請求支援，儘管他曾經那麼厭惡張魯！

一句話，你到底要不要幫劉璋？

那還用說，劉備是邪惡的一方，必須除掉他！

不過，張魯厭惡劉備的程度，並不輸給劉璋，因此他決定派出馬超攻打劉備。

那種事我不在乎，給我士兵，我幫你打倒劉備！

張魯出奇不意的發動攻擊。這樣豈不是對劉備更加不利？

嘿！

啪！

胡說八道些什麼？你忘了我是誰嗎？

你以為我會一個人來荊州嗎？

你好，你就是馬超？

聽說你很會打架？就憑你？

張飛

彎彎曲曲的長槍……沒錯！你就是張飛！

馬超

馬超與張飛一來一往的展開廝殺。

鏘！

兩人的對決越來越激烈，刀槍互相碰撞的聲響，如雷聲般震耳欲聾，動作就像風一樣迅速。

国

砰

碰

鏘

連諸葛亮也沒料到，兩人之間的戰況竟會如此激烈！於是，諸葛亮陷入了沉思。

若他能來我們陣營那就好了！

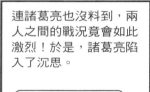

他心想：真想得到……那個將領啊！

！

今晚……真想得到馬超……

不久後，張魯的軍營。

張魯大人！馬超他！

漢中

我不是告訴過你，舉行祭祀時，別來吵我了！難道馬超死了？

那個……

馬超他……他加入劉備的軍隊了！

馬超那傢伙，難道不背叛會死嗎？怎麼會那樣？

人不是被你趕跑了嗎？

讓時間暫時回到張飛和馬超的決鬥結束之後。

諸葛亮瞞著馬超，私下和張魯陣營的軍師楊松見面。

哎呀～

……嗯哼！你應該不會平白無故給我這些東西，你想要我做什麼？

我們只是不想再打打殺殺了。

所以，停戰吧！如此一來，我們也會向陛下轉達張魯大人的忠心！

劉備他們想提出和解！

和馬超交戰時，我逐漸體會到，我們根本不是張魯大人的對手。

也是，畢竟他是皇帝的叔父，好好表現，說不定會讓我統治這塊地！

是，聽說他們正打算這麼做！

唉，真是的！我只是想得到信徒們的居住地而已，呵呵呵呵呵……。

我不管了～

我不管了～

諸葛亮大膽的提議，騙過了張魯。

！

To 馬超：
到此為止，撤退吧！
from 張魯

於是，張魯命令正在與劉備打仗的馬超，立刻撤兵。

這個白癡！別開玩笑了！

揉爛！

馬超完全無法理解這道命令的用意，明明再撐一下就能成功─！

啪！

算了！一個只知道待在房裡燒香的傢伙，有什麼可指望？

最終馬超不予理會，他決定與劉備決戰到底。

走吧，龐德！這次要徹底打倒劉備！

是！

⋯⋯看到了吧？馬超根本不聽你的話。

？

我還以為我們能成為朋友，原來都是我自作多情。

等等！我會和他談談！你回來！

不行！我明明能當上君王！

我現在去把馬超帶回來，如何？

馬超這個渾蛋！

馬超和張魯之間產生了嫌隙，馬超甚至被趕了出去。

玉皇上帝說，要你下地獄！

什麼？你是認真的嗎？

瞬間失去容身之處的馬超，被劉備陣營留下，

謝謝你來到我身邊。

我現在總算遇到一個像樣的主公了！

最終，劉備順利得到了西涼的錦馬超！

錦馬超！你是我的！

馬超！馬超！

〈益州，劉璋的城池，成都〉

……所以，原本支援張魯的馬超，變成了劉備的將領？

成都

這是什麼天大的笑話？真是太好笑了……！

劉璋

…

呵呵

其實一點也不好笑！搞什麼嘛！父親，我對不起你！

劉璋最後主動離開成都，親自在劉備面前下跪，益州總算落入劉備手中。

我投降了！劉備大人……。

什麼？現在立刻？有事嗎？

張飛將軍！請立刻回荊州！時間緊迫！

？

我們的大好未來可能會被敵人奪走！

……是嗎？劉備拿下益州了？

劉備一定很開心吧？從我們手中借走荊州，又一口併吞了益州。

…

魯肅

劉備！你怎麼能這麼對我？！

？！

孫權聯絡了和劉備住在荊州的妹妹孫夫人，

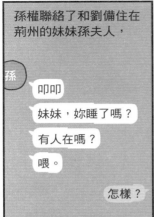

孫
叩叩
妹妹，妳睡了嗎？
有人在嗎？
喂。
怎樣？

要求她把劉備的兒子劉禪帶過去。

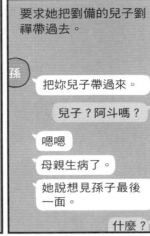

孫
把妳兒子帶過來。
兒子？阿斗嗎？
嗯嗯
母親生病了。
她說想見孫子最後一面。
什麼？

阿斗又不是我的兒子，為什麼要帶他過去？

不過，既然這是老夫人的心願，還是得帶過去吧？

……好吧。偷偷帶出去，馬上回來就行了！

忍耐！

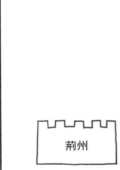

荊州，劉備軍營。

荊州

拿下了益州，接下來要進攻哪裡？

巡邏中

趙雲

真期待……嗯？

那是孫夫人的馬車？大半夜的在做什麼？還有，那不是阿斗公子的住所嗎？

孫夫人的馬車出現在阿斗公子的住處 →兩個人在一起 →在深夜前往某處 →兩個人偷偷的出發 →孫夫人帶著阿斗公子在深夜裡偷偷前往某處 →三更半夜要去哪？不能被我們發現的地方 →不能被我們發現的地方是？

…

孫夫人綁架阿斗公子！

呃嚇！

孫夫人！

被發現了！快走！

是！夫人！

在夜半三更突然展開的追擊戰！

！

孫夫人搭上早備好的船，對岸則是孫權的領土。

快點出發！

是！

只有這件事，絕不能讓孫夫人得逞！

咿！

呃啊啊啊啊啊啊！

一躍！

於是，趙雲驚險的跳上了船，

嘿！

緊接著立刻向孫夫人要回劉禪……。

不動！

唰！

抱歉了，趙將軍。

嚓！

嚓！

嚓！

我自知理虧，但你現在對我也是不忠！

所以，你得跟我一起去我兄長的軍營。

噹噹！

一把長槍、數名侍女。趙雲開始苦惱，船也離岸邊越來越遠。

…

就在他進退兩難之際，

我答應你！只要見到母親，我馬上……。

砰！

亮先生還真是了不起呢！

！

怎麼能如此料事如神？

此時，張飛拖著一艘船出現，戰局瞬間逆轉。

我說大嫂！妳要是那麼想回東吳，就自己回去，把阿斗公子留下！

夫人！

！！！

夫人！

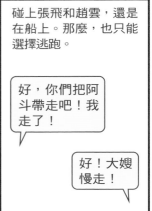

碰上張飛和趙雲，還是在船上。那麼，也只能選擇逃跑。

好，你們把阿斗帶走吧！我走了！

好！大嫂慢走！

就這樣，孫夫人獨自回到家鄉。

…

孫權

咦？孫權大人您怎麼會……。

誰知道！還不是氣我說謊？竟敢這樣對待自己的哥哥！

呃……那麼老夫人生病的事？

噢嗚，好痛。

算了！最起碼把妹妹騙出來，現在攻打劉備也無所謂。

什麼？不行！雖然劉備併吞了益州，但孫劉聯盟還是有存在的價值。

魯肅大人！劉備大人不像你想的單純！請你清醒一點！

呂蒙

拍！

孫權大人！我會帶領士兵攻入荊州！請您批准！

好！快去

准了！

…

這樣做……對嗎？真的嗎？

劉備占領益州和孫權企圖綁架阿斗，使得孫劉聯盟出現分裂。

哼！

孫權　劉備

於是，雙方人馬在各自都想取得的荊州境內，正式開打。

嘩～

這時，荊州的攻防戰對曹操來說，是天大的好消息。

〈曹操陣營，許都〉

是嗎？他們在荊州打起來了？

許都

太好了！得趁現在解決之前該做的事！夏侯淵！

是！丞相！

帶領士兵去剷除西涼的餘黨和張魯的軍隊！明白了嗎？

我明白了！丞相！

夏侯淵

曹操與夏侯淵親自帶兵前往西涼。

嘩～

當然，此時獨自留在西涼的將領，只剩下高齡70歲的韓遂。

馬超前往劉備所在的益州，張魯又幫不了我……。

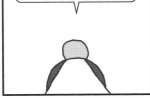

是呀，我的人生也只能到這裡了。

一次的攻擊就足以讓年事已高的將領韓遂，瞬間斃命。

韓遂
西元？年～215年

…

韓遂死後，順利平定西涼地區的曹操，接下來會怎麼做？

你好，張魯。我又來了！我來這裡的目的，你應該知道吧？

是！我非常清楚。

讓我想想，我把它放在哪個位置……。

?

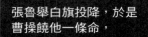

投降！我是宗教人士，沒有成為君王的命。

白旗

?!

張魯舉白旗投降，於是曹操饒他一條命，

唉唷？我欣賞你！你這條命是我給的，剩下的日子就安分一點吧！

是……是……。

原本屬於張魯的漢中，就此落入曹操手中。

！

曹操陣營

！

漢中

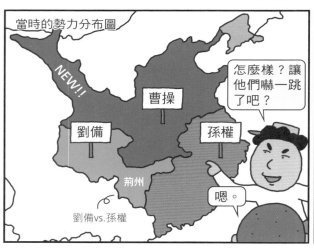

當時的勢力分布圖

NEW!!

曹操

劉備

孫權

荊州

劉備vs.孫權

怎麼樣？讓他們嚇一跳了吧？

嗯。

得知消息的劉備和孫權突然發現，現在不是自相殘殺的時候。

點頭

點頭

最後，兩人再次和解，並且協議瓜分荊州。

……

……

劉備大人，請看這裡！

恭喜兩位！

荊州

就這樣，孫權也能得到一部分的荊州領土了！接下來必須決定下一個攻擊目標……。

等等？曹操攻下西涼，不就表示士兵全都集中在那裡嗎？

各位，別卸下行李！我們馬上就要出兵攻打劉備了！

!!

什麼?!

孫權迅速設定了目標！也就是下邳。

曹操

打這裡！

下邳

噢！好！

孫權

下邳是軍事要塞，孫權決定趁機一舉攻下。

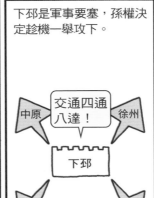

中原　交通四通八達！　徐州

下邳

荊州　　揚州

嘿嘿～下邳等等我，我馬上就來！

孫權大人，現在有 10 萬名士兵，要帶多少……？

是嗎？叫他們全都去下邳！全部！

什麼？10萬名嗎？

怎麼了嗎？不是說他們現在只有 7 千名士兵？我們要利用人海戰術！

…

下邳

孫權是認真的！7千名對上 10 萬士兵，一看就知道根本沒得比。

怎麼辦？你有什麼好辦法嗎？

…

李典　　樂進

消息傳到下邳後，曹操陣營一片死氣沉沉。

總之，先把城門關上，能撐多久是多久……！

不！我們應該直接殺出去才對！

但有個人認為應該先下手為強。

什麼？你腦子沒燒壞吧？

敵人目前卸下了心防，必須趁現在發動攻擊！

他就是從前跟隨呂布的手下，張遼。

噠————噠！

只要給我 800 名士兵，我就能取下孫權的人頭！

張遼

下邳城，孫權抵達的前一天晚上。

嗖！

張遼將隔天即將出征的士兵聚集起來，讓大夥兒吃飽喝足。

嗝

此時，李典找上了張遼。

能占用你一點時間嗎？我有話跟你說。

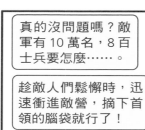

真的沒問題嗎？敵軍有10萬名，8百士兵要怎麼⋯⋯。

趁敵人們鬆懈時，迅速衝進敵營，摘下首領的腦袋就行了！

說得倒容易⋯⋯。

哦？你在擔心我嗎？因為我曾經是敵軍的部下？

你以為我是那種小心眼的人？

＊李典的叔叔李乾與呂布交戰時，不幸身亡。

⋯⋯注意安全。我是為了說這個，才跑這一趟的。

！

別戰死在沙場上，你的忠心我已經了然於心了！

好，我知道了！

烈日一！

？

唉呦喲？看來是最後的晚餐啊？

‼

隔天，孫權親自領兵抵達下邳，

下邳

腦中充滿美好的想像。

美好幻想

?

此時，遠方一陣馬蹄聲，傳進了孫權的耳中。

噠噠噠噠噠噠噠

?

前方正是張遼所帶領的 800 名突擊士兵。

誰是孫權？我，張遼，特地來此。

噠！

噠！

連防守都來不及了，竟然派出敢死隊？

為什麼？

孫權大人！先躲起來吧？

見到張遼帶兵前來，孫權慌慌張張的藏身在一群士兵之中。

嗖！

那裡好像有什麼！

我來了！

！！！

張遼來了！

張遼的長槍狠狠落下，然而比這更嚇人的，是那一句「張遼來了。」

短短一句話，讓孫權底下所有士兵嚇破膽，

呀 啊

也讓10萬大軍顏面盡失，兵敗如山倒。

撤……撤兵！！在張遼來之前！

撤退！！我說撤退！

最後，孫權在剩下的士兵中選了幾名，緊接著馬上撤兵，頭也不回的逃走了。

…

成……功了。現在全都結束了……。

砰

你在做什麼？不去追敵人嗎？

將軍！你不知道我砍了多少敵軍的腦袋嗎？

張遼的武功，改變了7千名士兵對上10萬大軍的劣勢，贏得勝利。

咦？不過將軍為什麼在這裡？因為擔心我嗎？

……看你還能開玩笑，想必沒什麼大礙。

呵呵呵

得知消息的曹操，會有什麼反應？

……很好！

劉備躲到山裡，孫權被打得落花流水，曹操的心情當然好得不得了。

嗖——！

怎麼回事？大家都去哪了？呵呵。

沒錯，就是現在。這個時間點，誰也沒辦法站出來說些什麼！

曹……曹操！你為什麼會來這裡？

還能為了什麼？臣子來拜見皇帝有錯嗎？

驚訝什麼～

身為臣子，有一件事需要得到您的同意。請在這裡蓋上玉璽。

什……什麼事？

沒什麼，只是一些希望能讓我登上王位的請求。

真不好意思呢～

你應該不會不答應吧？

…

西元 216 年 4 月，曹操終於登上了帝王的寶座！建立了名為「魏」的國家。魏國的皇帝，就是曹操！

多謝陛下！你會有福報的！

…

我們走！

是，殿下。

西元 217 年，就連劉備派的魯肅也離開人世，於是劉備和孫權也逐漸疏遠。

現在應該要和劉備大人聯手才對……。

魯肅
西元 172 年～217 年

壞消息接踵而來，劉備的內心也越來越焦急。

您怎麼了？哪裡不舒服嗎？

亮先生，你聽說了嗎？曹操終究還是當上了皇帝。

我想立刻剷除逆賊曹操，卻不知道該怎麼做。

太好了，現在我正在擬定攻打曹操的計畫。

什……什麼，攻擊曹操嗎？

是的。有個地方，我們一定要從曹操手中搶過來。

儘管現在對曹操來說，那塊地沒有太大的用處，但對我們來說卻不可或缺。所以請您允許我，出兵攻占漢中。

攻擊一！

漢中不是之前張魯治理的領土嗎？

沒錯。張魯向曹操投降後，那塊便落入曹操手中。

為了攻下漢中，劉備派出了法正、黃忠、張飛等將領，

黃忠

法正

張飛

曹操也派出張郃、夏侯淵留守城池，和劉備的軍隊對戰。

張郃

夏侯淵

士兵們包圍漢中，展開激烈廝殺！射出的弓箭，就和倒塌的城牆一樣多！

嗶！

在一來一往的攻防戰下，死傷人數持續增加，防守陣容也一點一點的瓦解。

嗶！

此時，曹操陣營。

劉備！看來你下足了決心呢！

援兵什麼時候會到？現在應該到了才對……。

等等！聽說荊州發生了叛亂，非常緊急嗎？

是，因為劉備只攻打我方軍營。

你先帶走一半的士兵阻擋敵軍。這樣一來，我同時也能派出精兵部隊突襲。

是，我明白了！請你務必注意安全。

有什麼好注意的？我射箭向來百發百中，你放心。

…

終於～士兵們出動了～

劉備陣營的軍營。

滴鈴～

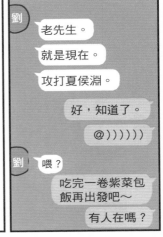

劉 老先生。

就是現在。

攻打夏侯淵。

好，知道了。

@))))))

劉 喂？

吃完一卷紫菜包飯再出發吧～

有人在嗎？

此時，劉備趁虛而入，
發動了攻擊。

法正趁著夏侯淵分配兵
力時，看準時機，強行
突襲。

夏侯淵

張郃　　夏侯淵

慌亂的夏侯淵，回過
神之後才試圖對抗，

在援兵來之前
先撐住吧！

不過，如果曹操身邊有
個夏侯淵，劉備身邊也
有黃忠。

僅僅一發，卻精準的命
中夏侯淵的腦袋，令他
當場斃命。

將軍！

將軍！

夏侯淵
西元？年～219 年

曹操軍隊一下子失去指
揮官，於是士兵們立刻
撤退。

抱歉，將軍！
我一定會替你
報仇。

西元 219 年，漢中終於
落入諸葛亮的手中！

…

他為什麼那麼
開心？漢中怎
麼了嗎？

就你一個人
知道……。

？

另一方面，得知消息的曹操則是……。

呃呃！

殿下！您沒事吧？

別管我！重要的是漢中！再去攻打漢中！絕對不能被劉備那傢伙搶走！

是……遵命！

曹操親自帶領軍隊攻進漢中。

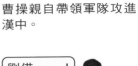

劉備……！

〈漢中〉

劉備大人！聽說現在曹操正帶著士兵往這裡前進！

該怎麼做？

亮先生，我要見曹操一面。

什麼？劉備要見我？

從西元190年建立反董卓聯盟，一直到29年後的現在！

嘎──

曹操預言的兩個亂世英雄，又再次見面了！

哎呀～這是誰啊？

……

不就是害怕雷聲的劉皇叔嗎？

曹操！你竟敢羞辱皇室，自立為王！

要是我真的羞辱了皇室，為什麼在許昌時，你不殺了我？

那時我的力量還不夠，所以打算等來日……

少胡說八道了！我們攤牌吧！

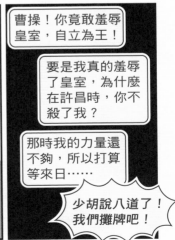

劉備，你其實也不想效忠漢朝吧？

要是你真這麼認為，我可要失望了！不管是你還是我，都看錯人了。

果然！劉備你一點也沒變，還想好人裝到底！

你要是現在投降，我就把40萬大軍還給你。跪下！

司馬懿

許褚

夏侯惇

砰

不！這是我們最後一次聚會。

我，劉備，這次一定要親手了結你！

馬超

張飛

法正

兩人短暫的一面，為雙方的交戰，拉開了序幕。

曹操
VS
劉備

曹操利用大規模的軍隊，持續發動攻擊，

劉備則是善用漢中險峻的地形，透過小規模的戰爭與曹操對抗。

嘿！

嘿！

嘿！

嘿！

究竟是兵力強大，還是動作敏捷能勝出？雙方人馬的漢中之戰，逐漸拉長了戰線。

叮!

！

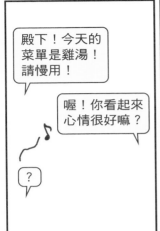

殿下！今天的菜單是雞湯！請慢用！

喔！你看起來心情很好嘛？

?

已經在這裡一個月了！你還有心情哼歌？

抱……抱歉！

已經持續發動攻擊了，請您再等一等。

司馬懿

戰爭持續一個多月，對於統領無數士兵的曹操來說，情況確實不妙。

司馬懿！你的辦事能力雖然還不錯，不過偶爾有點無厘頭呢？

是人設嗎？

哼！

這時，曹操選了一個暗號，讓士兵們溝通。

殿下！今天軍營的暗號是什麼？

暗號？

今天的暗號是……

雞肋！就叫做雞肋！知道了吧？

雞肋？是辣炒雞肉嗎？

好，就當作是那樣！先去告訴大家！

嗯……雞肋。

臣子們得知消息後，臉上全都寫滿了驚訝……。

?

雞肋？

嗯……這個嘛？

應該只是暗號吧？

於是，其中一位臣子說話了！

很簡單！殿下現在想要撤兵。

楊脩

什麼？撤兵？

雞肋不就是骨頭之間的瘦肉？既不容易入口，丟掉又十分可惜。

為什麼可惜？去春川*的話……

閉嘴！

*春川辣炒雞肉，是韓國的一道知名美食。

殿下用雞肋來比喻漢中。所以還能怎麼辦？提前收拾行李吧！

喔～

就這樣，士兵們連忙準備撤兵……。

你們在幹嘛？

然而，這件事卻讓曹操氣到說不出話，因為楊脩沒有向他確認，便擅自做了決定，

我有說要撤兵嗎？你們為什麼自作主張？

把楊脩抓過來。

遵命！

而散布消息的楊脩，當然難逃被處決的命運！

我的好心情都被你破壞了！我要你負責。

喌！

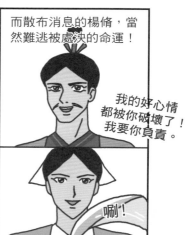

即便楊脩說的是實話，他也犯了削弱軍隊士氣的大罪！

但楊脩並沒有錯，大家也已經收好了行李。

呷

最後，曹操軍隊果真如楊脩所言，撤回了漢中的士兵。

?????????！??????

漫長的戰爭終於落幕！最後贏家就是劉備！

Vic tory

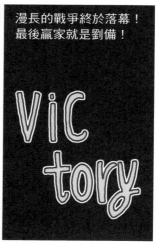

在漢中的劉備，一舉擊退了曹操的軍隊。

趕走曹操了！

哇～

哇～

亮先生！現在請你告訴我占領漢中的理由！

好，我現在告訴你！

轉～

我們占領漢中的理由，就是！

為了讓劉備大人當上漢中王！

！

從今天開始，全天下的人都會知道殿下就是漢中王，

黃忠

法正

馬超

張飛

殿下！請您打倒逆賊曹操，成為重振漢朝的始祖吧！請您成為真正的漢中王！

……亮先生？

漢中王……這到底是什麼？諸葛亮為什麼會說出這些話？

漢中王

實際上，漢中王是某個人的稱號。

！

第 8 章

三分天下 ②

北邊曹操，東邊孫權，西邊劉備

這個人占領漢中之後，完成天下統一，是個傳奇人物。

呵呵呵，聽說有個後代子孫追上我的腳步了？

他，就是劉邦！也是劉備的祖先，漢朝的開國皇帝！

那傢伙很不錯啊！

漢高祖 劉邦

重要的是，漢中王代表的意義！

那又怎樣？劉邦又不等於劉備？

漢中

首先，曹操就算再怎麼宣稱自己是守護者，他依然姓曹，不可能變成「劉」操，對吧？

哼！

天啊！那是什麼？

而繼開國皇帝之後，再次出現了被稱為漢中王的劉氏子孫。

我 是 真 貨

有人竟然用假貨！

這個場景不覺得似曾相似嗎？

幹麼？怎麼了？想怎樣？

董卓

沒錯！曹操因為劉備的一句話，瞬間變成天下逆賊董卓。

司馬懿

劉備，我還是第一次受到這種屈辱。

來人啊！給我立刻出兵攻打劉備！馬上！

殿下！現在重要的不是這個！

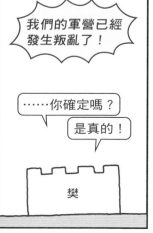

我們的軍營已經發生叛亂了！

……你確定嗎？

是真的！

樊

西元 219 年，劉備自行宣布成為漢中王！

漢中王

或許是因為劉備的對外宣言，在那之後，魏國各地開始出現叛亂，

其中，位於荊州北方，曾是曹操領地的樊城，也發生了暴動。

嘩～

可惡！快點鎮壓叛亂！

當時的荊州，也因此被瓜分成三個部分，

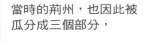
當時的荊州地圖

樊城
曹操
劉備
孫權

這時發生的叛亂，正好打亂了平衡，全新的戰局就此展開。

好，這場叛亂是真的嗎？

是！而且他們希望我們能出兵攻打曹操。

全體士兵，攻打曹操！

父親！還是再確認一下情況吧！

關平

馬良

不！這是上天給的機會，一刻也不能耽誤！

噔

噔！

於是，關羽，帶著駐守在荊州的士兵，進攻樊城。

樊

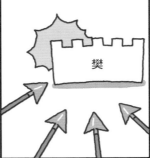

此時，劉備當上漢中王還不到一個月。

大哥！不能參加你的登基大典是我不忠！我會用這個來彌補！

〈魏國，樊城〉

你說什麼？關羽親自帶兵？！

樊

是！我調查了一下，這兩人其中一個，在被逮捕之前，好像去討救兵了！

是嗎？看來關羽那傢伙要白跑一趟了！

…　…

不！關羽會來的！請召集士兵，守住城池！

什麼？這裡可是有我和龐德坐鎮！

很抱歉，光憑你們兩個，還不足以擋下關羽！

龐德？誰啊？

父親！您這麼快就不記得了？

那傢伙就是馬超之前的副將，西涼射箭好手。

？

喔～當初張魯投降曹操時，他也一起去了，對吧？

您怎麼了？太久沒有外出，所以緊張嗎？

不是的，昨天我做了一個奇怪的夢。

噠嗒

噠嗒　噠嗒

在夢裡，不知道哪來的一隻豬，咬了我的腳。而且超用力，我到現在還隱隱作痛！

咬！

啊！

※豬在韓國象徵財富。

哎呀～夢到豬不是好事嗎？看來得在路上買張彩券了！

都跟你說我被豬咬了！那是惡夢！凶兆！

別擔心，我們不是有祕密武器嗎？

祕密武器嗎？

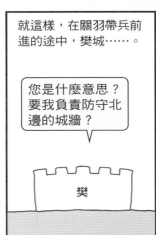

就這樣，在關羽帶兵前進的途中，樊城……。

您是什麼意思？要我負責防守北邊的城牆？

樊

沒錯！關羽馬上就要包圍整座城了！

可是，為什麼偏偏是北方？難道你不相信我們？

于禁

龐德

沒錯！我對龐德你沒有信心。

什麼？

你以前是馬超的副將。雖然你後來和張魯一起投降，但馬超不是還待在劉備陣營嗎？

所以，我才把北邊的防禦工作交給你！就算關羽出現，也絕對不能讓他逃出這座城！

……

聽懂就快點就定位……。

嘎吱嘎吱……

龐……德！你為什麼？！

？

咚！

咻

!!!

搞什麼……龐德！你瘋了嗎？

喂，龐德！你為什麼這樣？

跌坐

請原諒我的無禮！要是不這麼做，無法表現我的決心。

現在這支箭，將會射穿關羽的腦袋。要是在一年內，我殺不了關羽，我會親自送上門，讓他宰了我。

所以，請給我機會！我會親自上場對付關羽！請您下達命令。

從龐德的語氣，能感受到堅定的決心。

嗯

嗯

難道龐德的心意被上天接收到了嗎？

將軍！關羽……關羽出現了！

是嗎？在哪裡？他從南邊攻進來了嗎？

不是的！是北邊。他從樊城的北邊攻進來了！

……北邊？不是南邊嗎？

……這個似乎是老天爺給你的機會呢！

我發誓！那我先出發了！

好，我當然同意。

樊城

喔！原來是這裡～

終於到了！只要打這裡就好了！

是啊，比想像中更不足為奇！

嗯？

咚！

喔？

砰

父親！父親！！

怎樣？打到了？真的命中了嗎？

是！準確的命中額頭。

龐德！你還真了不起！一出手就把敵軍將領解決了！

……

那個……要不要再射一箭？

咦？為什麼？不是打中了嗎？

不，雖然準確命中了額頭……

……兒子，你哭什麼？

但他現在重新站起來了！

你該不會以為，我會被打倒吧？

沒時間了！快把那個拿來！

什麼……好！

哧！

龐德你去哪？不是叫你別出去嗎？

龐……

！

此時，天空突然下起了大雨。

喇一啊！

……！

大雨連下了好幾天，雨水淹滿整座城池。

…

跑向城外的龐德，步伐也因此變得緩慢。

哎呀……

於是，于禁連忙追了出去，尋找龐德的身影。

龐德！原來你在這裡！

于禁大人？你為什麼在這裡？

連于禁大人都跑出來……！

孩子們，你們在玩水嗎？

怎……怎麼可能……。

那是……船？！難道，關羽早就料到了？

嘡嘡！

好歹也該換件衣服吧！

此時，關羽的祕密武器登場了！那就是，雨天時搭的船！

長江流過樊城的南部，只要夏天暴雨如注，河水一氾濫，就會淹沒整座樊城。

馬良

問題是，于禁和龐德完全沒料到會這樣！

龐德！先撤退吧！在這裡沒辦法作戰！

切！

關平

別讓他們跑了！把那兩個人抓起來！

嗖！

嗖！

就這樣，于禁和龐德被活捉了。

咳！

呃！

最後，雖然于禁向關羽投降，

投降！

但龐德直到最後都不願意降服，

我已經是曹操的將領了！我絕對不會求饒！

於是，作為曹操將帥，龐德當然只有死路一條。

你這傢伙，怎麼走得這麼快……。

關羽的船防範了洪水的入侵！看來順利攻下樊城了！

不過，曹操軍隊當然不會善罷干休！曹仁把攻擊目標放在關羽身上。

射吧！

啪！

曹仁……這傢伙！

成功了！關羽慢走！

全軍撤退！撤退！

箭頭上的毒藥，肯定能把你送到龐德身邊。

父親！您振作一點！

哐噹！

關羽受了傷，劉備軍隊因此連忙撤兵。

怎麼樣？我父親沒事吧？

嗯……

再加上，射中關羽的那把箭上沾了毒藥，傷口必須立刻處理。

是，可以治療。

真的嗎？呼～

華佗

不過，箭頭的毒已經從肩膀蔓延到骨頭，需要特別治療。

特別治療？是什麼？

那就是，必須用刀子挖掉被毒藥侵蝕的骨頭。這樣一來，就能保住關羽大人的命。

什麼？你在開玩笑嗎？

你的意思是,要切開我父親的肉,把骨頭刮出來嗎?那種痛怎麼忍受得了……。

夠了!把手放開!

華佗先生,現在能動手術嗎?必要的話,我和馬良下棋的行程也能取消。

您不必如此,只要不移動受傷的部位就行了!

好!那現在馬上開始吧!

…

父親,一定要做到這種地步嗎?

不!我就是大哥的長槍!不能因為我受傷,影響大哥的國家大業!

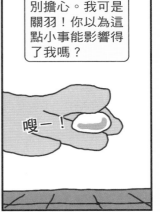

別擔心。我可是關羽!你以為這點小事能影響得了我嗎?

嗖一!

這場手術必須撕開皮肉取出骨頭!儘管當時麻醉劑的效果並不完善,但關羽依舊面不改色的下棋。

…

啪!

刀鋒和骨頭互相摩擦,傳出一陣陣令人反感的聲音,一聽就能感受到疼痛感。然而,關羽卻一點也不覺得痛,

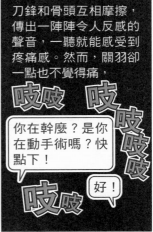

吱吱 吱 吱吱 吱吱

你在幹麼?是你在動手術嗎?快點下!

吱吱

好!

反而比任何人都更自在的下著棋。

嗯～

平靜～

噗咻！噗吱吱

於是兩人一子接著一子的下，就在棋盤即將布滿棋子的時候。

差……差不多了！將軍。

華陀先生，多謝了！您請慢走！

突然起身！

您不能挪動身體，得好好靜養。

抱歉，我辦不到，我還有事要處理。

握～

走吧！兒子！

是，父親！

嗖！

於是關羽再次站上一個又一個戰場！

這次一定可以！拿下樊城！

關羽驚人的鬥志，甚至從自己的軍隊，傳到了曹操的陣營。

？

？！！！

得知消息的曹操，只能找其他辦法對付關羽。

⋯

曹操

殿下，請盡快做出決定！

司馬懿

你不知道對手是誰嗎？如果不和關羽對決，難道要把首都移到別的地方？

不！還有比這更可靠的辦法。

什麼辦法？

是！我們不是還有孫權嗎？

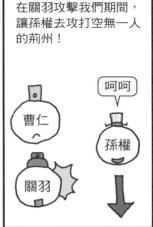

在關羽攻擊我們期間，讓孫權去攻打空無一人的荊州！

呵呵

曹仁

孫權

關羽

這個方法可行嗎？他們在赤壁之戰可是同盟關係。

建立同盟關係的人是孫權陣營的魯肅。

不過，現在魯肅已經不在了，孫權也急著想剷除劉備。

劉備？我討厭他！真～的！

呂蒙

好！那麼，得派使臣去拜訪孫權！

是，殿下！我會照您的吩咐去做。

此時，司馬懿想到了一個策略，那就是讓孫權一起加入。

……所以，他們會對付關羽，要我們去占領荊州？

這對孫權來說，是個天大的好主意，沒有理由不插一腳。

當然沒問題！

就這樣，孫權也加入了戰局，開始阻斷關羽的物資補給！

…

咕嚕嚕

現在後援軍隊連飯都不給，到底在搞什麼？

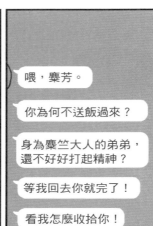

喂，糜芳。

你為何不送飯過來？

身為糜竺大人的弟弟，還不好好打起精神？

等我回去你就完了！

看我怎麼收拾你！

此時，荊州西邊的劉備陣營……。

怎麼回事？關羽傳訊息來了！你不回覆他嗎？

…

發生了一件令人意想不到的事。那就是，糜芳投降了！

真神奇？你是糜竺的弟弟，糜夫人的哥哥！

竟然因為害怕關羽，輕易就投降了？

糜芳

呂蒙

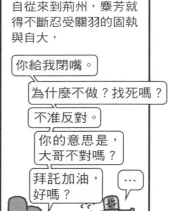

自從來到荊州，糜芳就得不斷忍受關羽的固執與自大，

你給我閉嘴。

為什麼不做？找死嗎？

不准反對。

你的意思是，大哥不對嗎？

拜託加油，好嗎？

…

再加上聽見關羽打算追究延遲物資補給的責任，把自己殺掉……。

真可笑啊！向敵人投降竟然是我的活路！

此時此刻，糜芳有些哭笑不得。最後，他向孫權陣營投降。

手別再抬高了，很丟臉！

噢……是！

〈樊城附近，關羽陣營〉

……糜芳！我就說出征之前必須先宰了那傢伙！

將軍！孫權的軍隊正往這裡前進！再這樣下去，我們會被包圍！

父親！我們必須盡快撤退！

全體士兵，撤退！

多虧了關羽的撤退和孫權的軍隊，樊城逃過了一劫。

咕！

呼～

但事情還沒結束。

！！！

呂蒙猜到關羽的撤退路線，事先布下埋伏活捉他。

父親！

抓起來！

呃！

唰！

嗚！

大哥⋯⋯！

咯噔

咯噔

是呀！呂蒙將軍說的應該是事實。

關羽就要來到我面前了！

我為了劉皇叔和漢朝王室，豁出了性命！

砰！

……？

鼠輩？

要我向逆賊投降？少說廢話了！

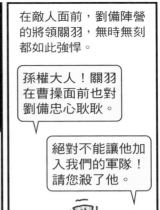

在敵人面前，劉備陣營的將領關羽，無時無刻都如此強悍。

孫權大人！關羽在曹操面前也對劉備忠心耿耿。

絕對不能讓他加入我們的軍隊！請您殺了他。

他百般拒絕孫權勸說，最終被砍去頭顱。

好！我就成全你的心願！

西元219年，關羽離開人世，享壽60歲。

〈魏國，許都〉

……你說孫權送了一個禮物給我？

許都

對了！說不定是為了感謝您協助他占領荊州的一點心意？

他應該不會這樣想才對？

好，讓我來看看……。

嗖～

嗚呃！

殿下！您怎麼了？

！！！

關……關羽？

司馬懿

許褚

殿下！這是孫權的詭計！想讓劉備把怒火發洩在我們身上！

殿下，您沒事吧？

……關公，你怎麼只有頭呢？要是完好無缺的回來，我一定會歡天喜地的迎接你！

發抖

！

來人啊！砍下檜木做成關公的身體，把葬禮辦得盛大又隆重！

……什麼？

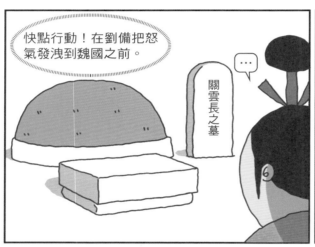

快點行動！在劉備把怒氣發洩到魏國之前。

關雲長之墓

…

父王，風太冷了！先回去吧！

曹丕

我沒事。不過，劉備的情況如何？有沒有不尋常的舉動？

是，聽說劉備對孫權恨得咬牙切齒。

那就好。接下來他們應該會打起來吧？我們回去吧！

是，父王。回許都！

好好安息吧！關公！

曹操親手為關羽舉辦了葬禮。

殿下！

殿下！

哐啷！

得知消息的劉備，第一次整頓了自己的手下，

凡是該為這件事負責的人，不論是誰，我絕對不會原諒！

他甚至下了一道命令，要養子劉封自我了斷，簡直令人不寒而慄。

父親，沒有幫上關羽將軍的忙，我很抱歉！

劉封
劉備將領

見到劉備這副模樣，孫權焦躁不已。

呿！早知道我就替關羽舉辦葬禮了！

為了復仇，劉備連自己的養子都不放過，此時自然會把憤怒發洩在孫權身上。

喀嚓！

魏國則多虧有關羽的葬禮，才能不被波及。

……

至少，關羽還是有那樣的價值。

關公……。

殿下，到了！

嗯？這是哪裡？

這裡是許都附近的東山。您不是說想眺望整個許都嗎？

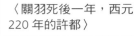〈關羽死後一年，西元220年的許都〉

哎呀……大概是因為最近頭痛發作，記憶力大不如前了！

頭痛嗎？要不要請華陀大夫來一趟？

來，我們來治療！會有點痛喔～

那個江湖郎中！算了吧！

?

曹操來到城外，登上了附近的一座山。

馬車不方便，我直接用走的！

什麼？

...

殿下！注意安全啊！很危險！

是啊！我已經66歲了！不管做什麼都會死。

殿……殿下！您殺了我吧！臣並不是那個意思。

許褚！如果我死了，不要在我的墳墓裡放金銀珠寶，葬禮也辦得簡單一點。

什麼？

還有，葬禮不必讓所有將領到場！大家不要離開崗位，要好好輔佐我的兒子曹丕，不能有一絲怠慢！

殿下……您在說什麼？

我之所以下達這樣的命令，是因為國家現在依舊動盪不安。

呃啊！

殿下！

我不能親眼見證天下統一，確實是種遺憾！

...

許褚，這段時間多謝你了！

好，那我也先走了？不過只有我一個人，有點……。

嗖～

你在幹麼？拖拖拉拉的。

兄弟，我在等你！

為了漢朝消滅董卓，最終卻讓漢朝走向衰亡的亂世英雄——曹操！

……是嗎？

因為身體衰老，在西元220年離開了人世，享壽66歲。

抱歉！我忙著改變世界，所以來晚了！

曹操
西元155年～220年

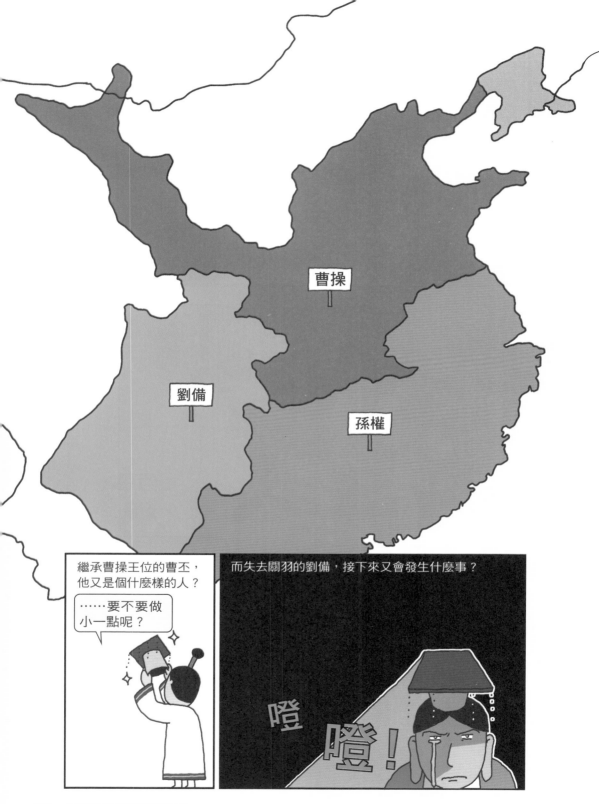

三國攻略筆記

韓遂

本名叫韓約。
在漢朝發動兩次叛亂後，
為了躲避朝廷的通緝而改名。
韓遂一路逃到西涼後，認識了馬騰，與他結拜。

> 這次我一定要推翻漢朝，你要和我並肩作戰嗎？

> 喂，我要帶著家人到漢朝當官，所以你也到此為止吧……。

馬騰

馬超的父親。
一個身高超過8尺（約190公分）的大帥哥。
當時中國西部有高加索人（白人），
由此看來，馬騰可能有黃種人和白人的混血基因。

> 內政就要交給諸葛亮那種人才行！那種無聊的事，我做不來。

法正

繼諸葛亮、龐統之後的天才軍師。
劉備攻打漢中時，沒有帶著諸葛亮，而是與法正一同前行，
由此可知他的聰明才智。
如果諸葛亮是第一文臣，法正就是制定作戰計畫的高手。

殿下，您找我嗎？

司馬懿

曹操陣營的軍師。
他在荀彧的推薦之下，
加入曹操的軍隊，
後來承接荀彧的位置。
雖然曹操曾懷疑司馬懿的忠心，
但兒子曹丕十分看重司馬懿。

狼顧之相

形容一個人的頭部
像豺狼或野狼般，
能旋轉180度。後來
被用來比喻一個人
心懷不軌。

呀啊啊啊啊啊啊啊，
你搞什麼啊啊啊啊啊啊？！

想要念書，果然需要體力……。

劉備 讚！

劉備 爛！

魯肅

和曹操陣營的荀彧一樣，
在孫權建國時，貢獻良多。
他不只聰明，還是個富翁，
是孫權陣營最具代表性的親劉備派。

呂蒙

在魯肅死後獨攬軍權，是反劉備派。
呂蒙年輕時學識淺薄，
在孫權的說服下，開始認真讀書，
也算是個勤奮努力的將領。

好冤枉啊！我還沒來得及幫忙就死了⋯⋯。

張松

雖然是劉璋的手下，卻一心向著劉備。
後來，被劉璋發現後，遭到斬首。

麋芳

麋竺的弟弟，也是麋夫人的哥哥。
麋芳原本一直為劉備效力，
向呂蒙投降後留在吳國，但待遇並不怎麼好。

安靜一點！我過得很小心。

孫權為什麼討厭關羽？

孫權曾想讓自己的兒子迎娶關羽的女兒。
不過，關羽以一句「虎女不嫁犬子」拒絕了這門親事。
從那之後，孫權便對關羽心存怨恨。

第 *9* 章

✳

劉備的夢想

諸葛亮，說好的不哭呢？

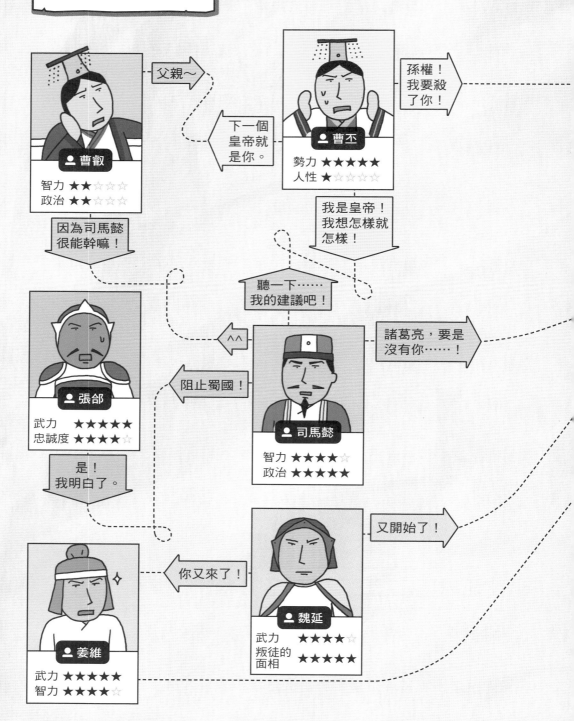

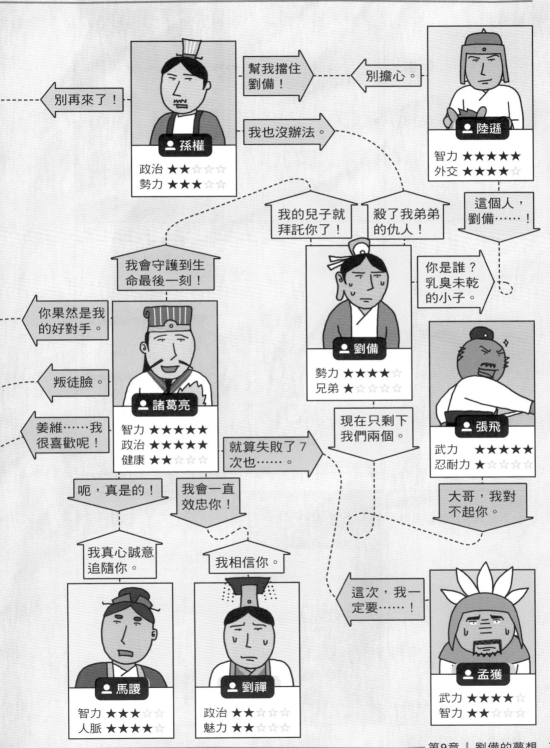

別再來了！

孫權
政治 ★★☆☆☆
勢力 ★★★☆☆

幫我擋住劉備！

別擔心。

陸遜
智力 ★★★★★
外交 ★★★★☆

我也沒辦法。

我的兒子就拜託你了！

殺了我弟弟的仇人！

這個人，劉備……！

我會守護到生命最後一刻！

你果然是我的好對手。

叛徒臉。

姜維……我很喜歡呢！

諸葛亮
智力 ★★★★★
政治 ★★★★★
健康 ★★☆☆☆

你是誰？乳臭未乾的小子。

劉備
勢力 ★★★★☆
兄弟 ★☆☆☆☆

現在只剩下我們兩個。

張飛
武力 ★★★★★
忍耐力 ★☆☆☆☆

就算失敗了7次也……。

呃，真是的！

我會一直效忠你！

大哥，我對不起你。

我真心誠意追隨你。

我相信你。

這次，我一定要……！

馬謖
智力 ★★★☆☆
人脈 ★★★★☆

劉禪
政治 ★★☆☆☆
魅力 ★★☆☆☆

孟獲
武力 ★★★★☆
智力 ★★☆☆☆

曹操死後，曹丕繼承了王位！

多虧父親，我也能坐坐看王位了！

曹丕

此時，對曹丕來說，有件事必須得做。

當然，身為一個國家的王，一定要做這件事。

那就是，把皇帝拉下臺。

我總得爬到更高的位置吧？

獻帝

咦？曹丕不是已經當王了嗎？還不夠嗎？

看來對曹丕來說還不夠。

最後，漢獻帝成了最後一任皇帝，漢朝就此滅亡。漫長的 400 年歷史，就這麼荒唐的結束了。

我是開國皇帝！我父親是追封的皇帝！

漢

砰！

魏

此時，消息傳到劉備陣營。從前曹操信誓旦旦的說自己會守護漢朝皇室，現在卻靠兒子當上了皇帝！

什麼？豈有此理？

漢中

劉備肯定不會就此善罷干休，再怎麼說，他也是漢中王。

很好！我也不必再顧慮別人的目光了！

我要繼承被曹氏一族毀掉的漢朝，把國名改成「蜀漢」！

蜀漢

所以，我要繼承漢高祖的遺願，重建漢朝。

皇帝陛下萬歲！

萬歲！

萬歲！

好，這是我身為皇帝宣布的第一道命令！

指！

張飛！去攻打孫權！

...

此時，張飛聽見了劉備說的話，

遵命！陛下！

立刻二話不說，開始準備作戰，只為了替死去的關羽報仇！

你們！現在馬上準備一萬人份的糧食！快點！

什麼？

這麼突然嗎？

不過，準備戰爭本來就不是一、兩天的事。

士兵都還沒訓練完畢，說什麼打仗？

我們會努力，只要再給我們一點時間……。

而且要在一天之內準備糧食……是不可能的！將軍！

唰！

竟敢反抗命令？你們還是蜀國將領嗎？

喵噹！

要是明天交不出來，我就處決你們！

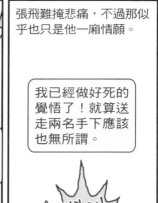

一天內得交出一萬人份的軍糧，這擺明就是要他們死。

關兄，我對不起你，沒有遵守同年同月同日一起共赴黃泉的約定！

張飛難掩悲痛，不過那似乎也只是他一廂情願。

我已經做好死的覺悟了！就算送走兩名手下應該也無所謂。

發抖～！

被逼上絕路的二人，此時不得不做出決定。

還有其他辦法嗎？我們又不可能真的去準備軍糧！

...

別擔心！他今天一定也會喝了酒就倒頭大睡。

到時一起殺了張飛吧！

...

！

什、什麼東西？你是誰？！

於是，一樁暗殺事件就這麼發生了！

去死！

呃啊！

一直以來讓敵軍聞風喪膽的張飛，就這樣死在自己人的手裡。

張飛
西元 165 年～221 年

哐

劉備又再次經歷失去弟弟的痛苦。

哎唷！

陛下！

您沒事吧？先冷靜下來……。

啪！

冷靜？你叫我怎麼冷靜？！

先生不是也很清楚嗎？我和弟弟們是怎麼苦撐下來，又是怎麼一起夢想著未來！

而且現在法正和黃忠也都不在了！只剩下張飛！

殿下，抱歉。我先走一步了。

請您，一定要成為明君……。

法正　　黃忠

我再也忍不下這口氣了！我不會要求你跟我一起去，但請你不要阻止我！

……

陛下！陛下！

西元 221 年，劉備自立為王。

原本應該比任何人都高興的劉備，沉浸在失去兄弟的悲傷中，神情變得十分陰沉。

走吧，馬良！

是，陛下！

而劉備的悲痛，也轉變成怒火，對準孫權。

好，我們出發！

遵命！

此時，蜀國的兵力超過 5 萬。孫權對於劉備陣營的士兵數量，感到相當不安。

糟了！就算加上我，兵力也不過才 5 萬。

而且，在捉拿關羽貢獻良多的呂蒙將軍，也因病去世，

呂蒙
西元 178 年～219 年

在這樣的情況下，孫權肯定得自行承受劉備的攻擊。

怎麼辦？我一點把握也沒有……。

首先，應該先和魏國和解才對吧？

陸遜

魏國？曹丕會答應和解嗎？別白費力氣……。

不管怎麼樣，還是得試一試，否則就便宜了曹丕。

魏國不是正好有個將領被我們抓來當俘虜嗎？可以把他還給曹丕。

！

這裡說的俘虜，就是于禁。原先于禁向關羽投降，後來被帶到了孫權陣營。

龐德……。

此時，孫權陣營決定把于禁當成與曹丕和解的工具。

孫權　　魏

得知消息後，曹丕十分高興，甚至親自和于禁見上一面。

辛苦你了！真的辛苦了！

我還擔心你會太內疚，真是太好了～

謝……謝謝你！

對了，你應該還沒看過我父親的墓碑吧？一起去吧！給你看個東西。

給我看什麼？

來，就是這裡！

!!!

怎麼樣？喜歡嗎？

這是什麼……陛下！！

你不是出賣龐德，一個人活下來了嗎？

…

恭喜你！有這個榮幸能被畫在我父親的墳墓上。

啊……啊啊啊……！

哈哈哈哈

跌坐

從曹操軍隊創立初期開始，于禁便一直為曹操賣命。

好空虛啊！實在太空虛了！

不過曹丕卻讓于禁淪為一個不折不扣的叛徒。

現在人們只會知道我是關羽的俘虜，不會記得我是曹操軍隊的將領！

于禁因此次的衝擊，染上疾病，不久後便離開了人世。

託孫權的福，我看了一場精彩好戲。真棒！

派使臣去告訴孫權，我決定和他們和好！

是！陛下！

就這樣，孫權突然與魏國訂下友好約定。

趁這個機會，你也當王吧！國家就叫吳國！怎麼樣啊？

謝、謝主隆恩！陛下。

此時，孫權連鬆一口氣的時間都沒有，他連忙開始準備，抵擋劉備的進攻。

陸遜！立刻去抵擋劉備！

是！

這次負責帶領孫權軍隊的年輕將帥，是陸遜。而這消息也傳進了劉備的耳裡。

陸遜？管他是何方神聖，我帶兵可是打了十多年。

可是，陛下……。

好了！這是一場速度戰！在他們守住城池之前，占領地盤就行了！

劉備迅速展開攻擊，從蜀國的白帝城出發，一路攻下巫縣、秭歸，緊接著抵達夷陵城。

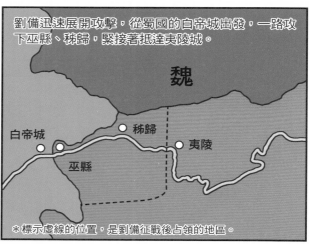

魏

白帝城　秭歸

巫縣　夷陵

＊標示虛線的位置，是劉備征戰後占領的地區。

劉備軍隊的進攻，比想像中更快！此時，位在夷陵城的陸遜……

全體人員！絕對不能出城！

什麼？可是……。

現在局勢有利於劉備！要是出城和他們硬碰硬，肯定對我們不利！

只要抱持著修行的……

！

！

陸遜只能防禦、防禦、再防禦！他持續守著城池，一邊等待劉備露出破綻。

…

…

於是，1個月、2個月……1年過去了……

將軍！劉備……劉備他！

！

222 年 7 月

劉備他改變軍營的位置了！您看！

！

待在城裡什麼也沒做的陸遜，終於逮到機會。

全體士兵！就是現在！所有人舉起火箭！

什麼？

軍營的前後一旦拉長距離，士兵自然會變得相當脆弱！

舉

而且劉備不懂得如何指揮水軍，他們無法利用河流逃走！

要是劉備的軍營著火，他們肯定會被活活燒死，或者掉到水裡淹死！

射吧！

咻！

劉備的失誤和陸遜的耐心，造就了這一場烈火派對！這就是陸遜的火攻法！

啊……不行！

大火奪走 4 萬名士兵的性命，就連馬良這樣的年輕將領，也葬身火海。

呃啊！

陛下！

當初劉備雖然用火攻法擊退了曹操，但在熊熊大火面前，他也不得不撤兵。

將軍！請您下達指令！我們會去追捕逃跑的劉備。

不，不必追。

什麼？為什麼……？

我們反而得派出使臣向劉備提出和解。

因為對我們來說，還有比劉備更可怕的敵人！

噢嗚，耳朵好癢。誰在說我的壞話？

〈魏國，許都〉

不行了！全體士兵！準備攻打吳國！

什麼？陛下！

我們不是和吳國說好維持友好關係嗎？打算怎麼攻擊？

司馬懿！你未免太天真了？此一時彼一時！

要是手下留情，什麼時候才能統一天下？聽懂了就快去準備！

是！我明白了！

原本答應友好的曹丕，此時卻突然發動攻擊。

……

其實曹丕從一開始就不打算遵守約定，而陸遜早就看穿曹丕的伎倆。

就這樣，陸遜向劉備提出和解。

陸　叩叩

陸下，您好！
我是陸遜。

你傳錯訊息了吧？

把我們的軍隊和船全部燒個精光，

還敢找我講話？

陸　呵呵

他特別提到，曹丕南侵不僅是吳國，也是蜀國的一大麻煩。

陸　我明白，陸下。

不過，有什麼辦法？

不這麼做，我們都會死在曹丕手裡。

抱歉，被我說到痛處了嗎？

＋　什麼，該死的……。　↑

陸遜的提議令劉備火冒三丈，不過……

這個傲慢的傢伙！來人啊！一個人都沒有嗎？

這才讓他開始留意四周的人，

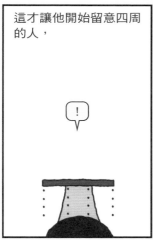

！

那些因自己而受傷的人。

快點！

敬禮！

振作一點！

先從這裡開始！

…

抱歉，被我說到痛處了嗎？

？

有人在嗎？

叩叩

（照片）

（電子禮券）

我知道了。

和解吧！

戰爭再也沒有意義了，我不會再攻打吳國！

關羽、張飛，我很抱歉……。

為了你們，我讓百姓死了這麼多人。

於是，劉備在夷陵打了敗仗之後，再次與孫權陣營達成和解。

蜀國皇帝，你的決定是對的！

是啊……多謝。

就這樣，劉備不僅無法為弟弟們報仇，就連被搶走的荊州，也拿不回來了！

咳咳
咳咳

難道是因為失敗的衝擊太大嗎？沒過多久，劉備染上了疾病。

！

＜蜀國，白帝城＞

陛下！臣諸葛亮！來見陛下了。

白帝城

亮先生，你來啦！李嚴也來了，我的兒子劉禪也……

李嚴

抱歉！都是因為我品德有虧，才犧牲那麼多人。對不起！

不！我應該輔佐您到最後一刻的！

諸葛亮、李嚴，我兒子還小。請你們合力扶養他長大，壯大蜀國，這是我劉備的請求。

好！

還有，我的兒子劉禪，阿斗！

不管是再小的善事都要去做，絕對不要做壞事。這是我唯一的心願！

陛下！陛下！

父皇！

…

大哥。

大哥！
醒醒！

呃啊啊！

你怎麼睡那麼久？
再這樣繼續睡，嘴
巴會歪掉！

大哥！你怎麼
了？難道作惡
夢了？

咦？大哥。你在
哭嗎？男子漢大
丈夫怎麼能哭？

大哥！你發生
什麼事了嗎？
告訴我們吧！

你看看！現在該不
會是在害羞吧？

張飛！你怎麼從
剛剛開始就這樣
說話……！

擦　　擦

是啊，原來我的
天下在這裡。

我的弟弟們！我
親愛的弟弟！

大……大哥？
你幹麼啦？

什麼？

西元 223 年 6 月，劉備
在 63 歲那一年，再度
與他的弟弟們相見。

弟弟啊～

大哥！別鬧了。

走開！

來，快點戴上皇冠吧！陛下！

劉禪
蜀國第二任皇帝

...

真是太適合您了！陛下！

謝謝你。不過我不知道，我能不能治理好國家……。

陛下！您怎麼會說這種話？

我聽說了！先皇一去世，益州南邊就發生叛亂！

嘿嘿嘿，我趁機發動了叛亂！

沒錯！哈哈哈

雍闓

孟獲

陛下！關於這件事，我正好有事向您稟報！

你想說什麼……？

我會親自出馬剷除逆賊！

什麼？丞相親自出馬？

……這樣啊，丞相會這麼說，想必心裡已經有主意了！

是，沒錯！

好！先皇說先生值得信任，所以我也相信丞相！

...

丞相，我也一起去！

馬謖！你有什麼想法？我們該怎麼收服如此凶險的領地？

不是收服領地，而是要人心。

益州南端那些南蠻人，仗著險峻的地形，無時無刻都在造反。

他們應該不會來吧？

儘管過來吧！

所以，先生必須擄獲他們的心，才能真正收服他們。

點頭

諸葛亮和馬謖一拍即合。

很好！遠征隊應該還有多的位置，找個地方坐吧！

這是我的榮幸，丞相！

於是，諸葛亮帶著馬謖往南蠻前進。

蜀

南蠻

孫權

〈南蠻，孟獲軍營〉

什麼？諸葛亮親自來了？

大事不好了！他應該會出奇招吧？

啥奇招？儘管放過來吧！

雍闓

這裡可是南蠻，我從小到大生長的地方！

孟獲

就算是諸葛亮的爺爺，也拿我沒辦法！

於是，諸葛亮一行人就這樣朝著益州南端的南蠻一帶前進。而孟獲則在一旁虎視眈眈。

丞相！聽說這裡的人會戴這種三角草帽！

叫做「簸蘿」。

真有趣，這叫做什麼？

喔～

...

*簸（ㄅㄟˋ）蘿，一種用竹子編成的圓錐形竹笠。

很好！就趁現在！雍闓！

...？

怎麼回事？！雍闓！你怎麼突然死了？！

孟獲大人！孟獲大人！

孟獲大人！那個高定處決了叛徒雍闓。

高定

我的名字，有好好固定住吧？

*韓文的「高定」與「固定」是同一個字。

這個是他們兩個互相串通的證據。

證據？

這個愚蠢的傢伙，不小心把訊息傳給我了！

來的路上還順利吧？

？

這不是雍闓的手機嗎？

不是。

噢，抱歉。

我是諸葛亮，你哪位？

！

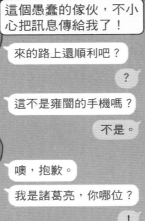

...

怎麼樣？我做得很好吧？

高定

喂！這一看就知道是詐騙！諸葛亮怎麼可能傳這種訊息給你？

啊！

這是

呿！沒辦法了！只能我自己上了。

就這樣，孟獲和諸葛亮展開了正面對決。

先下手為強！沒聽過嗎？

孟獲自信滿滿，諸葛亮被孟獲的軍隊勢力逼得不得不撤退。

我不是說了嗎？你們拿我沒辦法！

好！所有人都給我追！鎖定那個拿扇子的傢伙……。

咻

嗯？

孟獲確實信心滿滿，畢竟南蠻是他土生土長的地方。

嗨？

嗨？你就是孟獲啊？

咚！

但是，這也是孟獲第一次和諸葛亮對決！他完全沒料到諸葛亮會打心理戰，設下陷阱。

…

收服南蠻的任務很快的就劃下了句點？

不！我不服！

孟獲把部下董荼那痛毆一頓，重新整頓軍隊的秩序。

我要再次出兵攻打諸葛亮。你們快去準備！

好的……遵命。

不過孟獲大概下手太重了！後來，董荼那決定背叛孟獲。

我一定得在這種上司底下做事嗎？乾脆替諸葛亮賣命算了！

孟獲被手下捉住，再次出現在諸葛亮面前。

怎麼回事？我又被抓了？

睡到一半怎麼會……

…

你管理手下就完全沒有問題嗎？這不是決鬥，所以不算！

…

好啊，那我們下次見！

哈～欠

呵呵，愚蠢的傢伙！我這次一定要摘下你的腦袋～

再次被諸葛亮放走的孟獲，這次打算和弟弟孟優合作。

老弟！你去接近諸葛亮，和他打好關係！晚上把門打開。

孟優

知道了！間諜工作我最內行！

孟優進入諸葛亮的營帳時，孟獲和士兵們在外頭等待……。

… ?

…

孟獲大人？孟優大人該不會出事了吧？

喂！你瞧不起我弟弟嗎？他可是個了不起的人物！

哎呀，不管了！走吧！去救孟優！

孟獲偷偷潛入諸葛亮的營帳。

老弟！

此時，出現在他面前的竟是……

老弟啊！你沒事吧……。

噗～哈～

睡得不省人事的弟弟。

…這小子還真厲害……

孟獲又被放走了！雖然他曾試著再次出兵攻擊諸葛亮，

我不坐車！

卻又再次中了諸葛亮的計，被當場活捉。

怎麼辦？下次再試試別的方法吧～

…

即便試圖和其他部落首長聯手，但這次又被其中一名手下背叛了。

貨到付款嗎？

哎呀～真沒常識。

是，諸葛亮老先生。

…

接下來，他沒有尋求其他人的協助，而是亮出了叢林裡的猛獸……。

喂！臭小子！

著迷

咻咻！

咻！

一轉眼，這已經是孟獲的第7次攻擊。他咬牙切齒的想著，這次絕對要殺了諸葛亮。

…

這次一定要抓到諸葛亮。

孟獲！我在這裡！

…

不是說自己土生土長嗎？怎沒想過可能有埋伏？

來，
這個送你。
！

此時，諸葛亮設下埋伏，展開了火攻。

活捉孟獲！

呀啊啊啊啊

是！

被抓了7次，又被放了7次，

⋯⋯

孟獲這才向諸葛亮投降。如同馬謖所說，諸葛亮成功的擄獲了人心。

我有眼不識泰山，從今以後，我不會再對蜀國發動叛亂了！

多謝。從現在開始，和我們站在同一陣線吧！

馬謖，我們回去吧！在這裡待太久了。

是，丞相！回去的路上，我再做個簡單的報告！

不必太擔心，現在魏國沒空理會蜀國。

咳咳！

曹丕，說不定就快死了？

哎呀⋯⋯黏糊糊的⋯⋯

抹一！

？！

讓時間回到孫權打敗劉備的西元 222 年，

陸遜擔心的事成真了！曹丕果然出兵攻打吳國。

呀吼一！

噔！

噔！

呀啊啊啊啊啊啊啊！

然而，孫權與劉備的戰爭才剛結束。於是，孫權為了拖延時間，特地寫了一封信給曹丕。

叩叩！

陛下？

您何必這樣？

如果我哪裡惹到你，請告訴我一聲。

我會改的！

但這對曹丕來說，毫無意義。

從頭

到腳

喂，臭小子……。

就這樣，曹丕開始對吳國展開攻擊。戰爭就在兩國的其中一個交界處濡須口爆發了！

哈哈

哈哈

曹丕……可惡？！

陛下！陸遜大人從夷陵送來一封信！

！

劉備，和解完畢！

好！所有人把土堆疊高！這裡不能被占領！

是！

親自？！

擊敗對手，或者節節敗退！這場戰爭誰也不會讓步。然而，最後的贏家會是誰？

啪嗒

就是孫權！

什麼？

攻不下來？我明明在濡須口布下了9萬大軍？

因為孫權的水軍，速度本來就很快……。

不僅如此，此時許多魏國的將領都接連離開了人世。

張遼、賈詡、曹仁、夏侯惇！曹操陣營的第一代將帥們，一一死去。

張遼

夏侯惇

曹仁

賈詡

當然，這些老將們或許不會對全體戰力帶來損失，但軍隊的士氣卻大受影響。

我也走了，再見！

馬超
西元176年～222年

最後，曹丕不得不撤兵。

我知道了！叫他們回來吧！可惡！

是！陛下！

司馬懿！看看這件衣服，還可以吧？

這件衣服是……之前怎麼沒見過？

嗯，這次我要親自出馬攻打吳國。

叮

梆！

噢，原來是這樣……。

咦咦咦什麼？！

曹丕一心想攻打孫權，

陛下！不管怎麼說，陛下親自出馬……。

好了！我去去就回，許都……不！

他把司馬懿留在許昌，親自上了船。

許昌！好好替我守住許昌！知道了吧？

名字被我改掉了，對吧？現在叫做許昌。

是……我知道了！

孫權得知消息後……

什麼？他又來了？

是……。

武昌

明明才剛撤退沒多久！我現在真的沒有士兵了！

殿下！那該怎麼辦？

嗯？這不是徐盛嗎？你有什麼好主意嗎？

與其說是好主意，倒不如說是最終手段。

反正都要豁出去了！

噔噔

徐盛

不久後，曹丕出發了！

嘿嘿嘿，孫權這傢伙肯定會嚇一大跳吧？

原來那就是孫權的陣營！比想像中更快抵達呢？

嗯？這是什麼？

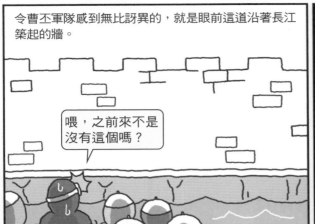

令曹丕軍隊感到無比訝異的，就是眼前這道沿著長江築起的牆。

喂，之前來不是沒有這個嗎？

曹丕頓時啞口無言。沒想到吳國竟然能這麼快想出對策！

最後，曹丕沒有發動任何攻擊就撤兵了。

怎麼回事？到底為什麼？！

這個……竟然沒被發現？

對曹丕來說，這種事肯定難以想像。

萬一他沒有上當，就不妙了！

呼～太好了！

?!

《孫子兵法》曾說，

兵者詭道也
＝戰爭就是
「騙術」

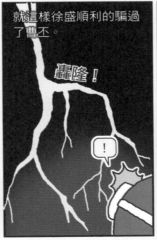

就這樣徐盛順利的騙過了曹丕。

轟隆！

！

曹丕一行人的船隻遭遇風浪，險些沉沒。之後，曹丕才得知真相。

救救我～！

曹丕好不容易撿回了一條命，

臣子們很擔心曹丕。

到時候又要親自領兵的話……。

就是說啊！

他們也心知肚明，曹丕肯定不會善罷甘休。

不過，既然這次都掉到水裡了……

……

應該會就此打消主意吧？

嗯？

這些人真是！

喂，你旁邊是誰？

咦？！陛下？

夏侯尚
曹丕朋友

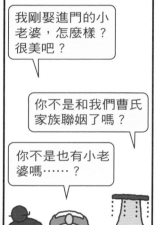

我剛娶進門的小老婆，怎麼樣？很美吧？

你不是和我們曹氏家族聯姻了嗎？

你不是也有小老婆……？

不用解釋了！

砰

呃！陛下！

我對你太失望了，所以現在要去攻打吳國！

喂！她有什麼錯，你為何要殺她？

反社會人格者！

夏侯尚的復仇！

孫權！給我走著瞧！

夏侯尚
西元？年～225年

該復仇的人明明是我才對。

曹丕再次親自出兵攻擊孫權。

三戰兩勝制，沒聽過嗎？

對於連續三次找上門來的曹丕，孫權……

他幹麼那樣？難道他喜歡我？

別擔心，陛下！

陸遜！

曹丕對長江還不了解！

就算現在曹丕帶著軍隊出發，也過不了長江。

這……都是什麼？

因為現在是10月！

這是怎麼一回事！！！

曹丕萬萬沒想到的致命變數，就是天氣！

這樣一來，船不能下海，河裡結冰會把船弄破！

於是，曹丕一行人過不了長江，必須沿著原路返回。

老天要和我作對，我也沒辦法！

說實話，要是沒長江，那該怎麼辦～

來打我啊～笨蛋！

連續三次的攻擊與三次慘敗！

啊！

曹丕的水逆還沒結束。

怎樣？還會有什麼事？

此時，他的健康出現了問題。

我不管了，咳咳？！

即便當上皇帝，曹丕終究只是個人，戰勝不了病魔。

啊一！

陛下一！

於是，他連忙選出長子曹叡，作為下一任繼承人，接著便離開人世。

給你……只要幫我完成上面這些事。司馬懿……

是，陛下……。

魏國的第一任皇帝曹丕，死於西元 226 年。

你們這些傢伙，我走了！

曹丕
西元 187 年～226 年

怎麼樣？很值得慶幸吧？

…

天哪天哪

現在時機終於到了！

什麼？您說的時機是指？

我一直在等的，就是出兵北伐這一刻！

噔——噔！

曹丕死了。

只要再一次，肯定能併吞吳國。

這對吳國和蜀國來說，都是天大的喜訊。

真的死了？

真的嗎？

好！曹丕死了，趁這個機會進攻魏國！

嘩～

孫權

不過，難道魏國事先猜測不到吳國的攻擊嗎？

嚇！

咻

當然不是！魏國可是有個司馬懿！

蓋你火鍋！

啊！

就這樣，孫權的攻擊被司馬懿輕易擋下了。

嗯……。

站住！

呃昂！

此時，諸葛亮正在遠處觀看這一切。

馬謖，拿筆墨來！我要寫一封信。

是，丞相！

能冒昧請問您要寫給誰嗎？

馬謖，我想你應該也知道，魏國目前有個將領，原先和我們同一國。

…

孟達！我想他現在一定也在盼著我的信！

…

孟達！不久前，他還是劉備陣營將領，

耶嘿！

現在卻成了魏國將帥？你問我為什麼？

這是有原因的！好好聽我說！

這一切都要從7年前，西元219年關羽在荊州不幸戰死那時說起！

呃啊！

那時，孟達和劉封一起駐守上庸。這個地方相當靠近荊州。

近在眼前，只要往前一趴，鼻子就能碰到！

……你的鼻子有那麼大嗎？

…

然而，當關羽陷入危機時，他們拒絕了關羽的求援。

你死，

我活！

關羽去世之後，可想而知，劉備自然會找他們算這筆帳。

你們明明就在旁邊，為什麼不幫忙！給我過來！

糟了！他真的火冒三丈。

喂！我要向魏國投降。你也一起去吧！現在回去就死定了！

你怎麼能說這種話！我可是陛下的兒子！就算要死，也要死在父親手裡！

劉封！劉封！

回到蜀國的劉封，就這麼被劉備賜死了！

孟達向魏國投降，得到了曹丕的寵愛，日子過得舒適又快活。

你來對了！你能來這裡，我很開心！

是……是嗎？

……是啊，看來曹丕很喜歡我，乾脆在這裡落地生根。

嗯？

然而，孟達唯一的盟友曹丕去世了！

孟達？坦白說除了先皇之外，沒有人喜歡他。

父皇為什麼會喜歡那種人？真奇特！

此時，孟達勢必得和一群合不來的盟友一起相處。

…

就在這個時候，有個人找上了孟達，他就是諸葛亮！

你過得好嗎？

只是突然想起你，聯絡了一下。

抱歉，你都已經離開了，我還無緣無故……

就當作沒看見吧！

再見……。

丞相老先生～

很久沒聯絡，有什麼事嗎？我有時間，要聊聊嗎？

拜託……

嘻嘻～

?!

是嗎？我們不如聊聊以前的事吧？

就這樣，西元 227 年，諸葛亮唆使孟達，準備發動叛亂。

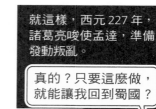

真的？只要這麼做，就能讓我回到蜀國？

哎呀，我可是諸葛亮，你難道信不過我？

熊熊燃燒

他寫了一封關於北伐的出師表給皇帝劉禪。

丞相？親自寫給我的？

是的，陛下～！

臣諸葛亮，稟奏！

！

臣 諸葛亮，稟

先皇崩逝，情況岌岌可危。請陛下廣施美德，用心聆聽忠臣的意見！先皇不嫌棄臣出身鄙陋，足足登門拜訪3次，臣感動振奮，至今已21年。

先皇崩逝，天下三分，情況岌岌可危。請陛下廣施美德，用心聆聽忠臣的意見！

先皇不嫌棄臣出身鄙陋，足足登門拜訪臣 3 次，臣感動振奮，至今已 21 年。

噔

臣已照著先皇遺願，平定南蠻，現正準備出兵北伐。

噔！

所以，請陛下將此任務託付給臣，萬一無功而返，請陛下降罪。

……

您怎麼了？丞相老先生！

今踏上遠征路途，臣的雙眼被淚水浸溼，不知該說些什麼！

擦～

不，沒什麼。

走吧！往北方前進。

咯噔

諸葛亮帶著士兵，朝魏國的西涼一帶前進。

同時間，孟達也在上庸發動叛亂。

很好！現在！

唰─啊！

然而此時，司馬懿看穿了這個計策。

及時完成第一步滅火！

……

他提前一步對孟達發動攻擊，平息了叛亂。

丞相！聽說孟達……被司馬懿攻擊了！

沒關係，預料之中的事。

總之，拖住了司馬懿的腳步，也是一件好事。

原來如此，那現在該怎麼辦？

所有人聽我的命令！

趙雲將軍帶領特別小組，對魏國軍隊展開快攻！

在那期間，我們會帶領主力部隊進攻西涼地區。聽明白了嗎？

是！丞相！

是！

是！丞相！

趁著對手把目光固定在其中一處時，藉機收服土地。這就是諸葛亮的策略。

不過，這次出現了令諸葛亮意想不到的人⋯⋯

到此為止了！蜀國的士兵們！

他就是天水地區的天之驕子──姜維。

別的地方我不知道，但你們休想通過這裡！

姜維

全員起立！

天下第一的諸葛亮竟然會中計，看來你很著急呢？

冒出

6

姜維發揮聰明才智，立刻對諸葛亮設下埋伏。

攻擊！

於是，蜀軍暫時撤退。

⋯

什麼？你說什麼？

同時，諸葛亮開始擬訂計畫，打算把姜維納入旗下。

？

那傢伙是蜀國需要的人才。

？

諸葛亮經歷了埋伏，好不容易死裡逃生。

……不過，您之前說什麼我們需要的人才？

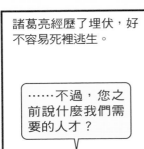

沒錯，一定要讓姜維變成我們的人。否則，他會是個極具威脅性的將領！

您都這麼說了……有什麼辦法嗎？

姜維是個十分孝順的兒子，所以立刻派兵攻打他母親的所在地冀城！

這樣一來，哪怕是單槍匹馬，他也會立刻趕來！

姜維的母親此時就位在天水郡的冀城。

呀啊！

噠噠噠噠

得知蜀軍即將攻打冀城的消息後，姜維除了驚訝還是驚訝！

什麼？蜀軍要攻打冀城？

於是，他連忙前往冀城。

母親～

母親～妳沒事真是太好了。

是啊，乖兒子～！

可是，有沒有吃的？我好餓……。

兒子，你來沒有帶點吃的嗎？

冀

一轉眼，姜維變得兩面不是人！

?

不僅如此，諸葛亮甚至到處散布謠言……。

亮

http:/threekingdoms.com/watch?v=...

姜維的冀城

姜維的冀城，其實是給蜀國……。

?

這些謠言，甚至傳進鄰近地區將領們的耳中。

?

聽說那傢伙投降了……。

姜維在糧食短缺的情況下，苦守城池，最後丟了冀城。此時的他，前途一片渺茫。

馬遵！
我是姜維！

到頭來，冀城還是被敵軍攻破了！所以就算只有我一個人逃跑……。

叛徒！
閉嘴！

都向蜀國投降了，還在裝勇猛！你以為我們會像你一樣投降嗎？

馬遵

姜維這才明白一切。不過，已經太遲了。

冀城投降→假消息→蜀軍是整件事的開端→無從解釋（冀城失守，從結果上來看都一樣）→向蜀國投降。

就這樣，姜維向蜀國軍隊投降，成為了蜀國的將領。

快來，姜維～

我姜維！願意成為蜀國將領，奉獻生命。

姜維，歡迎你！和我們站在一起。

按計畫進行

把姜維納入麾下的同時，諸葛亮決定再次出兵北伐。

轟隆

他順利攻下西涼地區的天水、安定、南安，

咚咚！

GET

此時，輪到了西涼內部。

嗯……

您怎麼了？
丞相？

馬謖，那邊那座城是？

那不是街亭城嗎？

街亭，是魏國攻打西涼最重要的軍事要地。

經過這裡才能進入西涼地區。

街亭

所以，這次北伐的成功與否，就看我們能否攻下街亭城。

原來如此，所以您才特別在意。

所以，我想把防守城池的任務交給你。

什麼？

要是你留在街亭，想辦法阻攔敵軍，我就能趁機攻下西涼。

嘿嘿～

啪嗒

所以，我要告訴你幾件事……。

丞相，萬萬不可！請您收回命令。

我還有很多地方需要向丞相學習。這樣的重責大任怎麼能……。

嗖～

別擔心，我看著你一路走來，如果是你，肯定辦得到！

但是你得答應我，只能照我的指令行動！知道嗎？

……

馬謖大人！馬謖大人！

您在想些什麼？哪裡不舒服嗎？

唉呀……是王平啊。

王平

沒什麼。我只是在想……

該怎麼做才能打敗魏國的軍隊？

什麼？丞相明明下令我們不能出城？

王平！攻擊就是最好的防守，你不知道嗎？

只守住城池不行，我們得有更大的作為！

請你們相信我，並追隨我。

嗚喔喔耶！進攻魏國！呃呀啊啊！

馬謖大人！您為什麼這麼興奮？

……

街亭

諸葛亮把防守街亭城的任務交給馬謖之後，馬上就出發了。

街亭

但這件事，總令他感到有些不安。

……

噠噠

噠噠

魏延將軍，我還是覺得不妥！

是！

請你帶領士兵，在後方支援街亭城。

丞相！乾脆讓我一起去守城……

這樣一來，魏國就會知道我們主隊的兵力。總之，為了以防萬一，麻煩你了！

原來如此，我知道了。丞相！

這樣就行了……不過，我為什麼這麼不安？難道我信不過馬謖？

對呀！明明有人跟我說過這樣的話，那個人到底是誰？

……諸葛亮，我有話想對你說。

嚇！

昔日……

我知道你很重視馬謖，但是你要小心。

什麼？陛下……。

馬謖經常誇大其辭，所以不要託付重責大任給他。

知道嗎？亮先生！不要忘記我說的話！

...

抱歉，陛下！但這一次請您相信我，請您幫幫我！

希望我的判斷沒有錯！

……所以，現在街亭城有誰駐守？

馬謖……我記得諸葛亮非常疼愛那傢伙？

噔

噔！

怎麼辦？該繞路嗎？

不，現在曹真將軍已經南下對抗趙雲！那邊就交給曹真將軍。

不過，路就只有一條，要怎麼做才能讓蜀軍出城？

對了！街亭城的狀況如何？城牆高不高？

現在最要緊的不是這個！馬謖他……！

�噔噔噔噔

曹真！曹真！

趙雲！趙雲！

大將軍！司馬懿大將軍！

他從城裡出來，跑到山上紮營了！

？

？

．．．．？

……為什麼？

我也不知道！不過是真的！

馬謖做出意想不到的舉動！他丟下城池，在山上紮起營地。

進攻魏國！

街亭

看來，他打算在魏軍攻打城池的當下，從後面偷襲……。

真的耶……。

真的爬上去了……。

大將軍！我去去就回～！

好呀～回來順便幫我買根冰棒～！

張郃出兵的同時，還一邊哼著歌曲。

嚕嚕啦啦～

不過，這也情有可原，畢竟這是致命性的失誤。

我？

接下來，張郃軍隊圍住整個山腳。可想而知，此時馬謖被徹底包圍了！

！

若持續下去，馬謖一行人的水和糧食，將會越來越匱乏。

……

又餓又渴，哪裡還有力氣對抗敵軍？

登山也要挑日子啊！

張郃當然也明白。所以，他輕而易舉的解決了馬謖的軍隊。

不過，也不錯，畢竟享受了一場森林浴。

而造成這一切的罪魁禍首，就是馬謖。

咳呃！

抓住他！

抓到了！馬謖，你沒事吧？

緊握！

魏延將軍！你怎麼會來這裡！

沒時間解釋了，快點！

馬謖、王平以及魏延，勉強撿回一條命，脫離險境。

丞相也真是的！所以我才說讓我來負責這次的任務嘛！

……

諸葛亮得知消息後……

什麼？街亭城被攻破了？

呃！我明明都說了！

該怎麼辦？我們的物資補給也被魏國軍隊阻斷了！

他連忙下令撤兵。因為從失守街亭城開始，諸葛亮的北伐就失敗了！

不過，敵人正在快速逼近，諸葛亮既沒有足以抵擋敵軍的兵力，也沒有時間逃跑。

丞相！快上馬車吧！

不，這樣下去不行。

?!

司馬懿肯定會追上來。要是不能在這裡爭取時間，率先出發的大隊也會被逮住。

該怎麼辦？您另外準備了消滅敵人的士兵嗎？

難道要埋伏？

沒錯！如果是司馬懿，肯定會這麼想！因為他非常了解我！

?

來人啊！打開城門，派幾個人去路上掃地，絕對不能露出馬腳！

嘩嗒

……

將軍！您怎麼了？我們明明打贏了？

不能卸下心防！對手可是諸葛亮！分明有什麼……。

♪~

什麼聲音？這不是玄琴的琴聲嗎？

將軍，您看那裡！

那邊有個人在彈琴……那不是諸葛亮嗎？！

此時，諸葛亮在空無一人的城裡，彈起玄琴。

美妙的琴音讓魏國士兵們喪失鬥志，開始跳起舞來……。

竟然還有心情跳舞？！這分明就是陷阱！

這肯定是諸葛亮設下的陷阱！我們先回去吧！

還是再攻打一下吧……。

悶悶不樂……

謝謝你美妙的琴音！不過，下一次可就行不通了！你可要有心理準備！

…

呼～逃過一劫了。差一點就死了～

?!

沒錯，其實這一切都是諸葛亮為了加深司馬懿的疑心，讓他主動撤兵而想出來的策略。

你不是會冒險的人，所以不會設下這種粗糙的陷阱。

^^ 謝啦～

就這樣，諸葛亮為軍隊爭取到了撤退的時間，解救了剩餘的人。

罪人馬謖聽令！

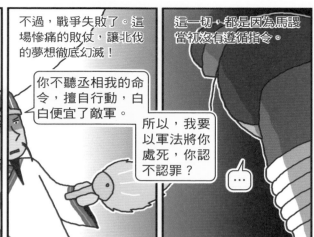

不過，戰爭失敗了。這場慘痛的敗仗，讓北伐的夢想徹底幻滅！

你不聽丞相我的命令，擅自行動，白白便宜了敵軍。

所以，我要以軍法將你處死，你認不認罪？

…

是，我認罪。但是……

？

我犯下滔天大罪，賠上一條性命也不夠。我很抱歉，只能以死謝罪。

…

諸葛亮比任何人都疼愛馬謖！

行刑吧！

是！

然而，就連對如此心愛的馬謖，諸葛亮也以軍法嚴格處置。

…

嗶！

他淚流滿面的下令砍了馬謖的頭。這次事件，完全展現諸葛亮嚴以律己的一面。

我真的對不起你……。

就這樣，諸葛亮的北伐
最後以失敗收場。

諸葛亮說要
撤兵……？

洛陽

是！所以短時間
之內，您不必擔
心蜀國！

曹真

不對，這樣還不
夠，得抓住諸葛
亮才行！

！

！

曹叡
魏國第二任皇帝

不管是吳國還是
蜀國，隨便抓一
個過來！

真那麼容易，我
們早就動手了！

喀嗒！

…

噓！隔牆有耳，
小聲一點。

不是嘛！大將
軍！我有說錯
什麼嗎？

你們好啊～！

曹休！好久不
見！你看起來
心情很好？

哎呀，這個嘛。

曹休

就是因為這個！

呀
梆！

那是什麼？

信？

是，這個是吳國
的臣子周魴寄來
的信。

什麼？吳國？

他們為什麼會送信？

還能為什麼？當然是
向我們投降！終於！

?!

這時，吳國的臣子周魴打算叛國。

看什麼看？人心本來就是說變就變！

周魴

得知消息的曹叡十分高興，因為他能利用這一點來攻擊吳國。

喂！要逃走時通知我一聲！我們一起帶著軍隊逃跑！

真～的嗎？

喔！這次真的能出兵攻打吳國了嗎？

是！陛下！

興　奮

啟稟陛下，這可能是吳國的陰謀詭計，懇請三思。

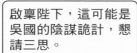

沒關係！我已經確認完畢了！這件事是真的。

！

哎呀～真是的！本來打算以後再亮出底牌……。

翻找

翻找

…　…

來，有了這個，你們應該就會相信了？

髮髻？

從哪裡弄來的？

如果能用這個換來信任。

唰！

這是周魴的髮髻。他在我面前親自剪下的！

驚　恐

想必兩位應該非常清楚這是什麼？事到如今，也該相信我了！

…

…

剪頭髮有啥了不起？竟然用這個來取得信任？嗯？

那可不得了！

？

「身體髮膚，受之父母。」剪斷頭髮在當時，是一件非常不孝的事。

我都把髮髻剪下來攤在面前了，就是要讓他們相信我。

事到如今，曹叡也只能相信周魴，要是心存懷疑，反而會錯失良機。

你們這些人也太過分了吧！我都做到這種程度了！哼哼？！

知道了啦……

我會相信你……

最後，曹休帶著軍隊出征！兵力足足有10萬！

好！我們走！去周魴說的那個地方！

但是，總覺得不對勁……

我們的目標就是石亭！周魴就在那裡。

石亭

哇一！

不過，我還是覺得不安。萬一周魴背叛我們……？

怕什麼，我們不是還有10萬大軍嗎？

以此等兵力，肯定能戰勝周魴！

果然！得為周魴說謊的功力鼓掌才對！

咦？真的來了？

不過，當曹休一行人抵達石亭時，出現在眼前的不是周魴，而是吳國大都督陸遜！

總之，抱歉！不過，我們都欺騙了對方，所以也無所謂吧？

噔　噔！

雖然曹休得知自己上當，但他暗想，如果是 10 萬大軍，應該沒有問題？

喂！別退縮！我們可是有 10 萬名士兵！發動攻擊！

嘩──！

但他們的對手是誰？是陸遜！

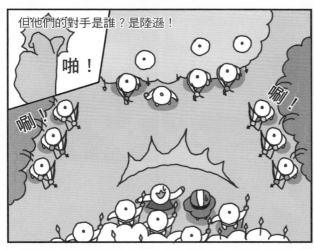

啪！

唰！

唰！

陸遜利用躲在一旁的士兵，從四面八方攻擊。

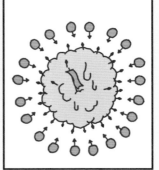

最後，曹休吃下了一場敗仗。

所以我不是說了，要再確認一下嘛？！

於是，孫權再次順利擋下魏國大軍。

怎麼樣？現在不敢再打我們的主意了吧？

哈哈哈

…

…

…

曹休！你！

所以，我不是說要確認嗎！

真是的～

抓住他！

啊！

諸葛亮等待的這一刻終於到來。

很好！趁現在魏國把注意力放在吳國的時候！

他再次試圖進攻北方。

喂！

抹抹

但此時，司馬懿迅速起兵，諸葛亮第二次的北伐，就這麼平淡無奇的結束了。

你看看，你看看！那傢伙逃跑的樣子。

抹

抹

要是他們其中一個能死掉就好了！

耍心眼

嚇！

靈光一閃

？！

諸葛亮結束第二次北伐後，傳來了噩耗。

趙雲將軍？

身為蜀國忠臣，也是名將的趙雲，在 60 歲時因病去世。

我為蜀國奮戰到最後一刻了。

趙雲
逝世於西元 229 年

北伐連續失敗，再加上趙雲的離世，蜀國的氣氛逐漸低迷。

失敗了兩次……。

〈蜀國，漢中〉

……

丞相！您……沒事吧？

振作一點！我一定要撐住！因為我是諸葛亮！

我沒事。我在想接下來該攻打哪裡。

如果不往北邊進攻，那就往西吧！全體士兵！出擊！

是！

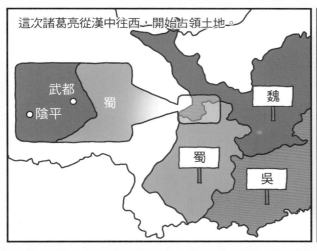

這次諸葛亮從漢中往西，開始占領土地。

武都

陰平

蜀

魏

蜀

吳

這些領土畢竟位在魏國的邊緣地帶，所以相較之下，占領的過程十分順利。

！

啪！

！

不過，諸葛亮當然相當失落，因為這塊地什麼也沒有。

我早就叫這裡的居民搬到北邊住了～。

曹操

……

丞相！丞相！

費禕？有什麼事嗎？難道魏國又出兵攻過來了？

嗄！

不是那樣的，孫權他……。

他自封為皇帝了！

我本來打算進軍中原之後，再戴這頂帽子……。

西元 229 年，孫權自封為王。三國終於全部成為皇帝統治的國家。

我的心情正好，當然得現在戴上！怎麼樣啊？很酷吧？

是！陛下！

這個消息傳到了蜀國。

怎麼辦？吳國會不會打過來？

在那之前，我們必須和吳國建立友好關係才行。

不過，把禮物送到吳國，不能引起魏國注意。

這是蜀國送來的！請簽收。

！

哎呀，這個！竟然大費周章的為我慶祝？

真是的

這對吳國來說，當然一點壞處也沒有，因為從劉備開始，兩國就已經是盟友。

和

哈哈哈

陸

……？

看什麼看？

...

不過，曹叡肯定不樂意見到這種情況。

這些傢伙！

於是，曹叡陷入苦思，
不知道該先攻擊哪邊。

有兩個選擇。

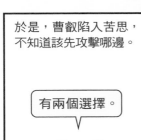

我還沒
滿足。

諸葛亮……
以那傢伙的
個性，肯定
會再出兵！

你不是根
本不會打
仗嗎？

還是先攻打說
自己是皇帝、
想跟我較量的
孫權？

我兩邊都想打，可惡！

陛下！臣能說
一句話嗎？

曹真！如果是你，你
會先打哪一邊？

當然是蜀國。

想必陛下也相當清
楚，上次的北伐滿
足不了諸葛亮。他
肯定會再出兵。

只要再一次……。

喔 喔

比起蜀國，吳國相對
來說威脅性較小，雖
然他們擅長防守，但
攻擊虛軟無力。

……什麼？被盾牌
打到也會痛的！

所以，現在必須攻
打蜀國，讓諸葛亮
不敢再侵略我們。

喔～

很好！那麼，
曹真你和司馬
懿一起去！

就這樣，西元 230 年的夏天，曹真出兵了！

飄揚

魏國趁蜀國還沒有防備時，發動攻擊。

嚇！

先下手為強！

得知消息的諸葛亮，內心也十分動搖。

丞相！你怎麼坐視不管？曹真正朝著漢中前進……。

我知道，不過問題還不只這個。

魏延

司馬懿帶著軍隊往荊州去了！如果出兵阻擋曹真，就會被攔腰襲擊。

漏洞！

啊！

該怎麼辦？趕快發布命令！

……

不過，現在更危急的是曹真！我要親自帶兵擋下他！

我知道了！丞相！

於是，諸葛亮和李嚴一起準備迎戰曹真的軍隊。

來！上吧！

……

李嚴

1 天、2 天，他們就這樣淋著大雨，等待曹真。

唰－啊！

真令人擔心，不曉得曹真何時會來？

就快要來了！就快了……。

不過，這場雨似乎……下得有點久？

唰－啊！

？

？

等等！如果這場雨連續下一個月……

您怎麼了？丞相？

來人啊！去調查曹真軍隊的動向和洛陽的情況，立刻向我彙報！

遵命！丞相！

丞相！曹真的軍隊就算了，為什麼連洛陽的情況也……？

這場持續一個月的大雨，肯定拖住了曹真的腳步。

在這樣的情況下，最焦急的人會是誰？

不就是那個集中兵力，打算攻擊我們的主謀嗎？

雨還在下嗎？

是……聽說是那樣。

是魏國的皇帝曹叡嗎？

大事不妙？再這樣下去，萬一吳國攻進來？

忍耐

最後，曹叡命令曹真撤兵。他當然不願意見到士兵和糧食繼續耗減。

……

就這樣，諸葛亮擋下了敵軍的攻擊。那麼，接下來……？

攻擊！第四次北伐伐伐啊啊！

……

梅雨是吧……看來我也能好好利用這個機會？

曹真就這樣一無所獲的回到了陣營。

我不知道啊！誰知道梅雨會下了一個月。

抖 抖

難道是因為這次出兵的緣故嗎？沒過多久，曹真離開了人世。

什麼？

曹真
西元？年～231 年

這時，位在荊州的司馬懿，還來不及北上。

可以休息一下再出發嗎？

要在半路放你下車嗎？

……

距離長安約 400 公里

接下來，諸葛亮會怎麼布局？

咚

咚

諸葛亮和魏延、王平等人，再次出兵北伐，

噔

噔！

而晚一步回到長安的司馬懿，也和張郃一起出兵對抗諸葛亮。

你對這場戰爭有什麼看法？

……

將軍，你還記得嗎？這附近有一塊大麥田？

噢……你是說上邽那一帶的麥田吧？

沒錯！當初為了以防萬一，在那塊田種下了大麥。

上邽*

＊漢中的北邊

諸葛亮肯定在打那塊地的主意，所以即便豁出性命，也要守住那塊田。

是！大將軍。

司馬懿說得沒錯！諸葛亮果然帶著軍隊出現在上邽。

聽說這家的大麥很好吃？

沒那回事，請你出去！

他為了收割大麥，帶兵攻打司馬懿，而司馬懿為了大麥，也與諸葛亮打了起來！

放到過期就變成糞土，我們會替你吃掉的！

不行！這是我們陛下的命令！

乾脆先收割不就行了嗎？

曹叡阻止了這件事，命令他們好好守住大麥。

乍看之下，這場仗對魏國來說，十分有利。

哼！看來你沒料到我會出這一招？

不過，如果真是這樣，那就不是諸葛亮了！他早已和北方鮮卑族講好。

我們只要守住就行！你滾回去吧！

各位～那我去攻打長安囉？

?!

軻比能
鮮卑族首領

瞬間，局勢被逆轉！司馬懿最終交出了大麥。

你要去哪～？吃點大麥再走！

可惡！給我等著！

就這樣，司馬懿、張郃帶領魏軍，前去攻打軻比能，而諸葛亮則收割了大麥，拿來補貼軍糧。

公孫恭

祈山　長安　魏

蜀　吳

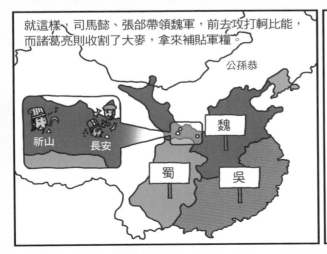

得到了意外的糧食，原以為事情能進展得相當順利，沒想到……

啪嗒

！

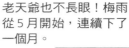
老天爺也不長眼！梅雨從5月開始，連續下了一個月。

雨啊！下吧！

你是誰啊？

雖然短時間之內能靠大麥撐過去，但雨季似乎沒有結束的一天？

李嚴
軍糧負責人

…

最後李嚴甚至傳信給諸葛亮，向他解釋原因。

雨。（唰唰嘩啪嘩唰）

呃咿喔呃喔喔。

我去不了。

…

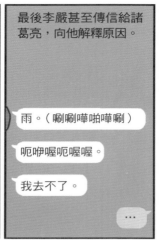

於是諸葛亮淋成落湯雞，最後只能撤回兵力。

…

然而，魏國的張郃對這件事一清二楚！所以他立刻帶兵追捕諸葛亮，

抓住諸葛亮！

！

殊不知，張郃在途中遭到埋伏士兵的弓箭洗禮。

咚

用力！

啊！

右腳不慎被箭射中的張郃，瞬間倒地不起。

砰

自官渡之戰後，一輩子為魏國賣命的沙場老將張郃，就此離開了人世。

最起碼，我名留千古了！

張郃
西元？年～231年

雖然北伐失利，但張郃死了，大麥也到手了，要說是徹底失敗，似乎也有點……？

你為什麼回來？我才剛要把軍糧運過去！

？

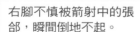

咦？李嚴？

你為什麼這麼沒有耐心？這件事丞相要負起全部的責任！

搞什麼嘛？當初他不是說去不了嗎？

是呀，但是他想讓諸葛亮背黑鍋。

李嚴一直想超越諸葛亮，成為蜀國第一人，就連現在也在扯諸葛亮的後腿。

呵 呵 呵

只要諸葛亮消失，託孤大臣就剩下我了……

不過，李嚴挑錯了對手！

咿 咚 咚 咚

嗯？

諸葛亮公開了自己和李嚴往來的所有信件，李嚴的謊言瞬間被拆穿！

好了！我已經交出 1 到 45 號證物了！你也有證據的話，就交上來！

！

託孤大臣：聽從先皇的遺願，輔佐年幼皇帝的臣子＝臣子中的臣子＝地位崇高。

嗯……那個……。

第四次北伐失敗的原因，正是因為梅雨和李嚴的貪婪。

滾開！

啊！

最後，李嚴因為貪念丟了官職，又被流放偏鄉。

早知道就別那麼貪心了。

結束了第四次北伐後，諸葛亮還有一件事尚未完成。

蔣琬、費禕、董允，準備好了嗎？

準備好了！丞相老先生！

那就是，國家的內政。長期征戰，讓蜀國變得疲憊不堪，內部也衍生出各種政治問題。

走！好好過日子吧！

幸虧，諸葛亮身邊有蔣琬、費禕、董允這樣的人才，蜀國的狀況一下子就好轉了！

是！明白了！

於是，從西元 231 年到 234 年……天下再次迎來了 3 年的平靜時光。

不過，諸葛亮卻親手破壞了這份和平。

…

走吧！姜維、魏延將軍！

是，丞相！

不論成功還是失敗，這說不定是最後一次了！

先皇陛下！這一次，我一定會實現你的夢想。請您務必賜給我力量！

噔噔！

西元 234 年 2 月，蜀軍的軍營傳出陣陣鼓聲！

咚！

諸葛亮第五次北伐，說不定也是最後一次。

…

丞相！這怎麼會是最後一次！難道您……！

姜維

別擔心，我這次一定會成功。

諸葛亮把軍隊調到漢中北邊的五丈原。

魏

五丈原 · 長安

漢中

蜀

吳

這是我在第一次北伐時，擋下曹真將軍的地方。

趙雲

曹真

得知消息的司馬懿，也打算立刻出擊，不過……

好忙啊！這些傢伙一下子都找上門來了！

將軍，您要去哪裡？

還能去哪？當然是去南邊阻擋孫權那傢伙啊！

?!

吳國的陸遜！他不是帶著軍隊攻過來了嗎？

司馬懿，你累壞了吧？

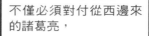

此時，魏國面臨來自蜀國和吳國的雙面夾擊。

蜀　魏　吳

不僅必須對付從西邊來的諸葛亮，

我要拿下五丈原，你給我讓開！

就連東邊的陸遜也得同時應付。

下邳城！這次我要定了！

但司馬懿並沒有退縮，

滿寵！去擋下吳國的軍隊！

他派出魏國將領滿寵，前去阻擋吳國的進攻。

到此為止了！陸遜！

！

結果，吳國突襲攻打下邳城的計畫，再度失敗了。

想過我這一關，門都沒有！

滿寵

好呀，那邊交給滿寵應付，綽綽有餘。

呼～

那麼，現在只要死守到諸葛亮撤兵為止？

……你為什麼一直賴著不走？你不回去嗎？

…

五丈原

諸葛亮趁著吳國起兵的期間，抵達五丈原，

...

並且在那裡待了下來，

嗯～茶真好喝。

就是說啊～

不僅讓士兵們耕田，還與老百姓生活在一起，絲毫沒有離開的打算。

額呃！又燙又苦！

把這裡當家嗎？

！

大將軍！你怎麼能坐視不管？得快點攻擊！

那個人不是諸葛亮派來的使臣嗎？

噠噠噠噠噠

是的……沒錯！派他過來，有什麼事嗎？

...

此時，諸葛亮派了一名使臣來到司馬懿面前，還帶了一件小禮物。

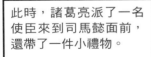

丞相請我務必把這個交到您手上。

諸葛亮？這是什麼？

那……那是……。

!!

丞相說，您打開就會知道了！

這不是女裝嗎？這個為什麼？

...

你還不知道嗎？他送我女裝就是為了告訴我，我現在就跟窩在城裡的女人沒有兩樣。

什麼？！

磨蹭 磨蹭

也就是說，他想挑釁我！

叭梆！

呃啊！我的眼睛！

可惡！大將軍！現在乾脆朝那些傢伙射箭吧！

…

在那之前，我問個問題！最近諸葛亮如何？還滿意這裡的生活嗎？

諸葛丞相一大早就起床，直到深夜才入睡。總是忙著工作，飯也沒吃多少。

……知道了，你走吧！

禮物我收下了！

是，那麼……。

大將軍！趕緊宣布出兵！

…

哈哈哈！天下第一的諸葛亮終究也只是個人！

？

你還不知道嗎？為什麼諸葛亮會做出這種挑釁？因為他沒有時間了！

咳咳！

…

每天忙工作，連飯都只吃一點，就算是諸葛亮，也會倒下！

HA HA

哎呀～那真是太好了！

是呀，那麼直到諸葛亮自己死掉為止……。

停住！

大將軍，您怎麼了？

…

我司馬懿只能用這種方法贏過諸葛亮嗎？

我司馬懿，可是魏國大將軍！就算用這種方式贏過你，我……

我的名字，也會一直在你這傢伙後面！

歡迎，司馬懿。

!!!

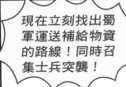

現在立刻找出蜀軍運送補給物資的路線！同時召集士兵突襲！

什麼？！將軍！我們明明只要等待？

就這樣，司馬懿掉入了陷阱。

無所謂！趁著諸葛亮病危，反而能擾亂敵人！

噢……是！我明白了！

於是，司馬懿為了見諸葛亮最後一面，決定親自領兵出擊。

動作加快！必須在諸葛亮死去之前發動攻擊。

遵命！

另一方面，果真如司馬懿所言，諸葛亮剩下沒有多少時間了！

從收服南蠻到5次北伐，諸葛亮的健康狀況已到達極限。

丞相！您該注意身體健康了！再這樣下去，萬一昏倒……。

揉緊！

丞相！我們的補給路線被魏國的士兵偷襲了。

這些傢伙！我馬上過去！

等一下！姜維將軍！我等的就是這一刻。

什麼？您的意思是，要讓他們奪走軍糧囉？

不只這樣！我們還得把軍糧丟掉。

即便是司馬懿，也絕對會中計，

怎……怎麼可能！

掉入我設計的陷阱。

噔——噔！

司馬懿你這傢伙！

你犯下了背叛漢朝的滔天大罪，用你的性命來抵也不夠！

咻

所以，我拋棄軍糧，親自為你設下這個陷阱。你喜歡嗎？

！

還不只這樣，來這裡的路上，你沒有聞到油的味道嗎？

什麼……你說什麼？

來人啊！火！

是！丞相。

嗖～！

住、住手！那樣的話，這裡全部的人……！

這一次，可以把你司馬懿徹底解決掉了！

諸葛亮～！

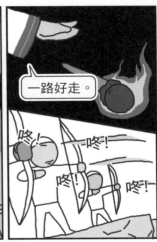

一路好走。

咚！ 咚！ 咚！ 咚！

司馬師、司馬昭，快過來這裡！我們必須從這裡逃出去！

司馬昭
司馬懿次子

呃啊！

火啊！

司馬師
司馬懿長子

額啊！

丞相！司馬懿逃走了！該怎麼辦？

火已經點燃了！情況不會有任何改變。

陛下！成功了！已經除掉了一個死對頭，又離夢想更近一步了！

對吧？陛下？

微笑

啪嗒

？

難道是命運在捉弄人嗎？

不行……不行！

唰——！

此時，天空突然下起一陣暴雨。最後諸葛亮為了殺死司馬懿使用的策略——火攻法，也化為烏有了。

不行！額呃！

丞相！丞相！

……哈哈哈

司馬懿連忙撤退，躲在城裡好一陣子沒有出城。

活下來就行了！諸葛亮的計畫失敗了！

這次的打擊對於諸葛亮來說，或許過於龐大。

是呀……大家都到了嗎？

楊儀、費禕、姜維……我有話要說，所以把你們叫來。

您怎麼會……

請您振作一點。

丞相……

楊儀

我死後，司馬懿肯定會派兵攻打。所以你們反而要擊鼓出征，趕走他們。

還有，我的位置以後就交給蔣琬。請各位務必要齊心輔佐陛下。

之後撤回軍隊，萬一魏延反對，就拋棄他吧！因為他隨時有可能造反。

是，我知道了！

……真是遺憾啊！應該完成先皇劉備大人的遺願才對……。

他的遺願，我一件也沒有做到！

丞相～！

丞相～！

西元 234 年 10 月 8 日，諸葛亮離開了人世。

諸葛亮一死，司馬懿立刻召集士兵攻打蜀國。

就是現在，我一直在等待諸葛亮消失的這一刻。

不過，當司馬懿一見到姜維和楊儀擊鼓出兵的模樣，大吃一驚！

嗯？那些人是怎麼回事？

司馬懿！你又中了我們丞相的計了！

全體士兵～！進攻吧！

!!!

從遠處，隱約能看到諸葛亮的身影。

怎麼回事？不是說諸葛亮死了嗎？！那是什麼？！

呃……好奇怪，他明明已經……？

司馬懿嚇得落荒而逃。他心想，敵人肯定在某處設下了埋伏。

咦？大將軍！還是再攻擊看看……

…

閉嘴！快點逃走！

……丞相！敵人逃走了！

您看到了嗎？您看到眼前的景象了嗎？

此時，在姜維身邊的，是按照諸葛亮模樣刻成的木雕。司馬懿被一座木雕嚇得倉皇逃走。

大將軍！慢一點！

吵死了！

「死諸葛走生仲達」這句話，就是這麼來的。意思是「死掉的諸葛亮嚇跑了活著的司馬懿」。

孔明＝諸葛亮的字號
仲達＝司馬懿的字號

什麼？那只是雕像？

是，聽說是那樣？

諸葛亮在死後還能趕跑敵人，由此可知他的影響力。

哼！我只對付活人！不跟死人打交道。

真可笑

…

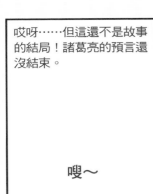

哎呀……但這還不是故事的結局！諸葛亮的預言還沒結束。

嗖～

魏延果真反抗了撤兵的命令，

你們都瘋了嗎？敵人們還好好的活著！

最後還偷襲撤退的蜀國士兵。

你們這些叛徒！你們連悼念丞相的資格都沒有！

於是楊儀立刻上奏劉禪，告知魏延叛亂的事。

楊

陛下！

現在魏延發動了叛亂！

他說他會殺光我們！

?

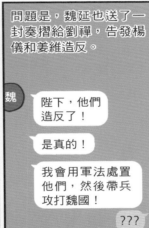

問題是，魏延也送了一封奏摺給劉禪，告發楊儀和姜維造反。

魏

陛下，他們造反了！

是真的！

我會用軍法處置他們，然後帶兵攻打魏國！

???

蔣琬！這件事該怎麼處理？我該聽誰的話？

劉禪

…

陛下，依臣看，發動叛亂的人是魏延。

蔣琬

魏延確實非常勇猛，但他的性格急躁，經常無法控制怒氣，為軍隊帶來紛亂，丞相早就十分擔心他！

魏延是反骨的面相，總有一天會造反。

所以，請您逮捕魏延，追究他謊報奏章的罪責。

喔～我知道了！

在蔣琬的建議之下，魏延的謊言被拆穿了！此時的狀況反而對魏延不利。

不過，魏延直到最後一刻都不退縮。最終，楊儀、姜維、魏延三個人互相面對面。

…

…

魏延！你就那麼想攻打敵人嗎？！

？

要是你現在能喊3次「誰敢殺我？」，那麼在場的士兵，都聽你的指揮！

呵呵……好呀！你要說話算話！

不是嘛，為什麼……這是丞相的計謀嗎？

沒錯，他臨死前交代的。

誰敢殺我？

誰敢殺我？

嘎～

誰敢殺我！

咻！

94我！

刺！

此時，一把刀突然飛來。

你……不是
馬岱嗎？

抱歉了。

而兇手就是和魏延在一起的將領馬岱。

要是誰喊出「誰敢殺我？」這句暗號，就把誰殺掉！

怎麼可能……。

就這樣，蜀國名將魏延，最終死在自己人的手裡。

要是當初好好對待我，我根本就不會造反。

魏延
西元？年～234 年

魏延死後，姜維和士兵們返回陣營，

你以為你能對我怎樣嗎？

砰！

砰！！

…

而諸葛亮的葬禮，直到現在才開始舉行。

…

輕輕的

謝謝你。千里迢迢來到這裡，應該很辛苦。

別這麼說，吳國和蜀國畢竟是同盟關係。

我當然要來。

我好難過！以後我該依靠誰？

以後該由誰來帶領蜀國？

噔噔！

陛下！
陛下！

咦？亮先生？

我好想你！我真的好想你。陛下！

亮先生，你怎麼了？我做錯什麼了嗎？

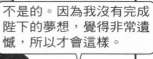

不是的。因為我沒有完成陛下的夢想，覺得非常遺憾，所以才會這樣。

真的很抱歉。我這麼微不足道的能力，實在實現不了陛下的夢想。

不，光是亮先生能理解我的夢想，我就很幸福了！

當然，我也有了新的夢想，那就是「和大家見面，一起聊天」。

丞相老先生～！

快點！

在這也要讓人跑3趟呢～！

所以，這次也可以離開這個家，來幫我吧？

!!!

於是，為了與過去的夥伴們見面，諸葛亮就這麼離開了人世。

當然！劉備大人！

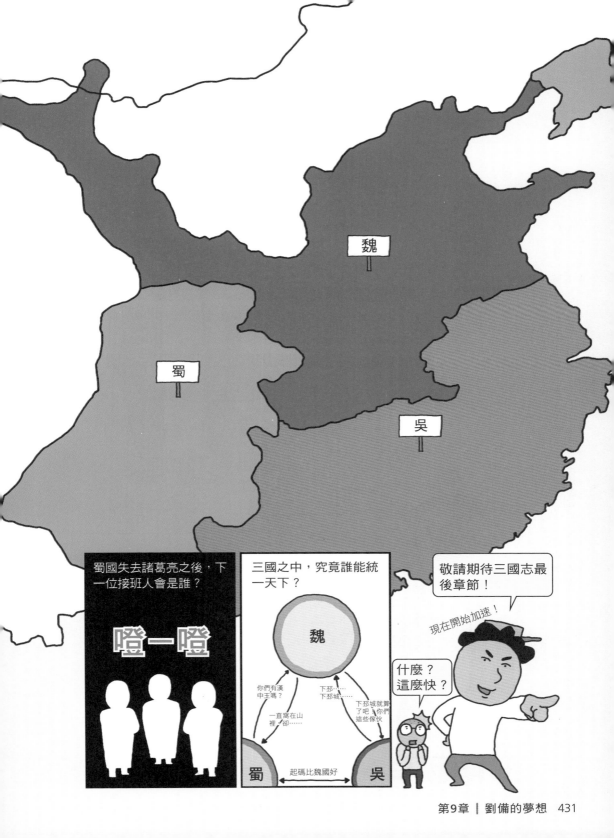

 三國 嘘! 攻略筆記

真奇怪！下臺之後，我的心情好得不得了！

漢獻帝的下落？

西元 220 年，劉協讓出皇位，
被曹丕封為「山陽公」，
以貴族的身分，繼續生活。
在那之後，
劉協又多活了 14 年，
在西元 234 年逝世。
（與諸葛亮生卒年相同。）

今日工作運勢
會有意想不到的
好運降臨！

這應該是真的吧？我能再回去工作嗎？

李嚴

劉備攻打益州時，向劉備投降的將領。
在益州的將領中，具有一定的才能，
所以才能當上託孤大臣，
可惜晚年因貪心而自食惡果。

親愛的顧客，只要您再被我抓到 4 次，我就多饒您一次。

……不用了！我不需要。

七擒七縱

這個成語典故源自於諸葛亮收服南蠻時，抓了孟獲 7 次，又放了 7 次。

泣斬馬謖

「揮淚斬馬謖。」無論馬謖再怎麼深得諸葛亮的喜愛，為了維持軍隊的紀律與體制，諸葛亮也不能被情感左右。這是一句警惕世人的話。

蜀國名將──趙雲

第一次北伐時，
趙雲直接站在撤退的部隊後方，
擋住了曹真的追擊隊。
也因為這樣，趙雲的軍隊幾乎沒有損失。

來啊！我會幫你們喚起在荊州的回憶。

根本就是個流氓⋯⋯不必了，您慢走。

幼麟（年幼的麒麟）

姜維的另一個名稱，就叫做幼麟（是一種傳說中的動物，擁有龍的頭和馬的身體），這是後人加上的稱號。
若再加上諸葛亮、龐統、司馬懿既有的封號，
就是所謂的「臥龍、鳳雛、冢虎、幼麟」。

我是臥龍！

我是鳳雛！

我是冢虎！

我是幼麟！

諸葛亮　　　　　龐統　　　　　司馬懿　　　　姜維

第 10 章

天下一統

誰才是真正的英雄？

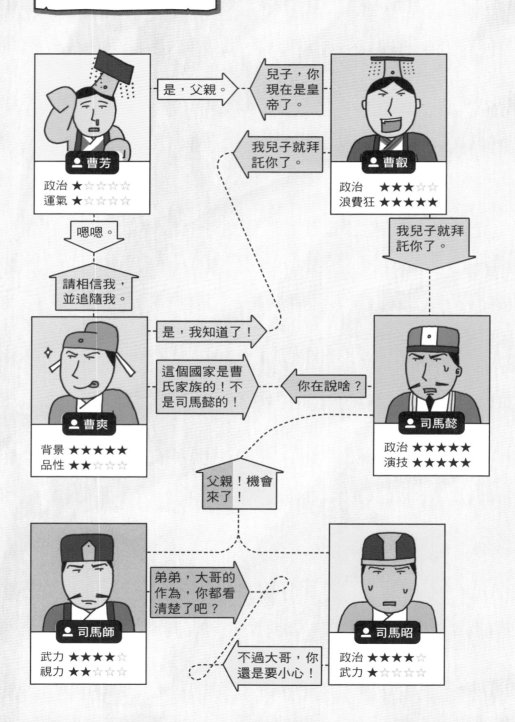

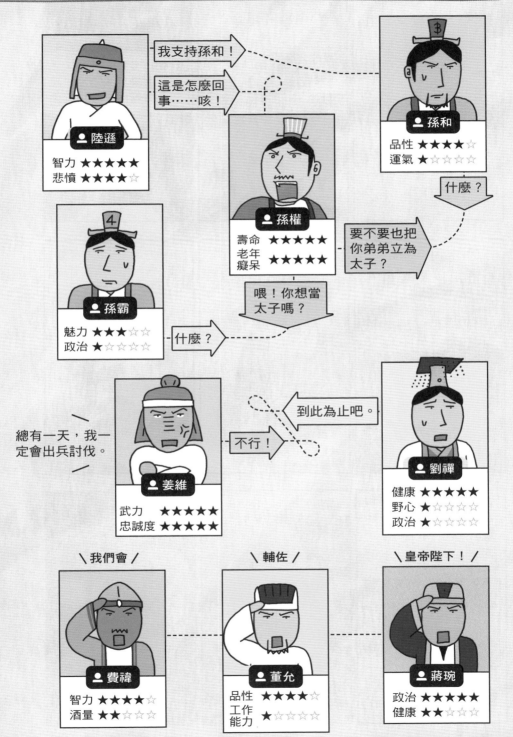

蜀國的中心人物諸葛亮殞落了！

儘管如此，蜀國還有蔣琬、費褘、董允這些人才。

我是大將軍。

我是軍師。

我是侍中，負責建立皇室的秩序。

不過，有一個人十分不滿，那就是楊儀。

魏延也是我解決的，為何就我被打入冷宮！早知道我就向魏國投降！

是呀，心有不滿當然沒有什麼問題，但千萬不能說出口。

可惡！你管不住嘴巴嗎？是不是活膩了？

嚇！

於是，楊儀因這件事被流放到偏鄉，而且還上書誹謗。最後，他了結了自己的生命。

我也沒什麼可遺憾的！再見！

楊儀
西元？年～235 年

另一方面，在諸葛亮死後，魏國的曹叡過著越來越放蕩的生活。

炫富

…

曹叡成天只知道享樂，不僅大規模興建宮殿，還納入許多妃子。

說明

您的存款餘額不足。
請確認您帳戶內的餘額，
再進行交易。

哎呦。

因此，在那之後，越來越多人開始心懷不滿。

…

甚至暗自心想：坐在皇帝寶座上的人，一定得是曹氏家族嗎？

…

西元 237 年，魏國邊境發生了一件令人意想不到的事。

攻打魏國！

那就是，公孫淵在遼東地區，也就是魏國的北邊，發動了叛亂。

我也要當王！都給我讓開！

公孫淵

司馬懿，交給你了！

是。

那邊在幹麼？

然而，不論公孫淵的鬥志有多麼強烈，也抵擋不住攻勢。

等一下，我錯了！原諒……。

喀嚓

西元 238 年，司馬懿為了剷除公孫淵，直接將他處死。

公孫淵
西元？年～238 年

砰

公孫淵死後，天下才真正被瓜分成魏、蜀、吳三國。

呃，因為我不是中國歷史的一部分，所以……。

東川王
當時高句麗的國王

時間來到西元 239 年。這時，魏國第二任皇帝曹叡，離開了人世。

呃啊！我還要再玩一下。

陛下！

繼曹叡之後，下一個坐上皇位的人是曹芳。但此時的曹芳年紀尚小。

我父親是曹叡……對吧？

曹芳（9歲）

接下來會發生什麼事？

年紀那麼小，哪懂什麼國家政事？

以現代來說，根本違反《勞基法》！

這就是問題！所以，曹叡選出監護人，輔佐曹芳。

請你們接替我的工作，直到他長大成人。

是，陛下！

而監護人就是司馬懿和曹爽。

…

陛下，您放心。

曹爽

曹爽？第一次見到這個人呢？

因為曹爽是靠人脈和血統，才爬上來。

還記得帶兵攻打蜀國，結果淋成落湯雞的曹真吧？曹爽就是他的長子，也是魏國皇帝曹叡的朋友。

好……。

兒子，你不要在外面奔波淋雨。

他的年紀和司馬懿的兒子們差不多，卻沒有立下任何功勞……曹爽會怎麼看待司馬懿？

…

他當然會感到威脅。因為司馬懿可是魏國的第一人。

再這樣下去，魏國就會變成司馬氏的。

哼………

於是，曹爽利用自己的職權，逐漸架空司馬懿。

真是的！這種事我們會看著辦，丞相您就休息吧！

他經常召見在朝堂上順從自己的人，排擠唱反調的人。就這樣，曹爽慢慢掌控了魏國。

…

這一切都是為了陛下，知道嗎？

當然囉！接下來該做哪些事，我也非常清楚。

微笑

當曹爽逐漸控制整個魏國時，

這裡要這樣，呵呵。

吳國陷入了一個意想不到的難題。

哎呀！都別再說了。

吳

是外敵的侵略嗎？還是自然災害？都不是。

是他先開始的！

真可笑！要不然，我們打一場？

而是「二宮之爭」！此時的吳國，因為冊立太子的問題，掀起了一場政治鬥爭。

為什麼要趕走安守本分的孫和太子！

不知道的話就閉嘴！他必須下臺。

孫和

孫霸

孫魯班

這一切是怎麼開始的？

……嘿嘿。

孫權的長子和次子很早就夭折，因此能繼承王位的太子，就是三兒子孫和。

額嘿。

孫和

可是，年事已高的孫權，也很疼愛四兒子孫霸。

父親疼愛孩子，有什麼好大驚小怪？

搓揉

搓揉

孫霸

還特例讓孫霸留在太子的宮中。

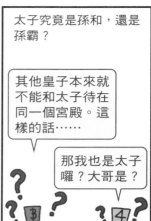

太子究竟是孫和，還是孫霸？

其他皇子本來就不能和太子待在同一個宮殿。這樣的話……

那我也是太子囉？大哥是？

更別說是在孫權身旁服侍的大臣，他們的內心該會有多混亂？

這究竟是什麼情形？

最後，魏國臣子分成孫和與孫霸兩派。

孫和派代表
陸遜

孫霸派代表
孫魯班

VS.

我可是父皇的女兒！

就這樣，吳國內部開始分裂。

孫和不能當太子，必須罷免他！

真可笑！不要隨便栽贓陷害！

不過，你知道此時孫權做了什麼事嗎？

父皇，孫和不配當太子！請您廢了他！

不行。陛下！這樣不符合禮法！

是嗎？那就趕走孫和，立孫霸當太子！然後懲罰支持孫和的那些人。

?!

也因為這樣，支持孫和的大臣們不是被處死，就是遭到嚴刑拷打。

額……額嘿。

父皇大喜！現在您要立孫霸為太子了，對吧？

什麼？妳為什麼在命令我？

什麼？

接著，孫權這次竟然賜死孫霸？

我自有打算。妳算哪根蔥，憑什麼說妳懂我？

？

父皇！我為了這一切，不惜巴結孫霸，還陷害孫和。

！

你們這些傢伙！竟敢騙我！？

孫權將孫霸派的人通通逮捕，

被我抓到了！把這些叛徒抓起來！

嚇！

而他們的首領孫霸，說不定其實才是最大的受害者，

嗚……

嗖～

在孫權的命令下，孫霸了結了自己的生命。

額呃！

孫霸
西元？年～250 年

另外，還有一個人因為這件荒唐事，比孫霸更早離開人世……。

陛下！您怎麼可以這樣？遵守禮法，謀取天下的國家……。

嚇！

冒 火

吳國名將陸遜被氣得怒火攻心，倒地不起。

陸遜
西元 183 年～245 年

呃嚇！

噗通！

哐噹！

就在吳國的二宮之爭即將劃下句點之際……。

劃下句點？真的是那樣嗎？

這一次，輪到魏國發生叛亂了！

…

拜託……拜託放我一馬。

我已經照你的意思去做了！兵權不是也轉交給你了嗎？

拜託你，把那把刀收起來。

…

噔！噔！

司馬懿太傅！

為什麼司馬懿會拿著劍對準曹爽？這是怎麼回事？

父親！

請你下決定！

一切必須回到司馬懿遭受排擠的時候。

往前翻4頁，找到第9格。

當然囉！接下來該做哪些事，我也非常清楚。

是吧？果然！所以我才喜歡您老人家啊……。

呃！額呃……！

嗯？老先生！您怎麼了？

……咦？你是誰？你認識我嗎？

?

自從曹爽掌政後，司馬懿的舉止就開始變得不正常，病情逐漸惡化，

有沒有人啊？我好痛啊！

接著司馬懿開始整天足不出戶。

哐　哐

老先生！您沒事吧？

哐

因此人們都說，司馬懿老了、病了。

……老先生，您怎麼會變成這樣？要是知道會這樣……

我就能一路玩到掛～

嘻嘻

曹爽得知消息後，當然喜不自勝。因為敵人自己倒下了。

…

這就是「不費吹灰之力」嗎？

不過，曹爽此時犯了一個錯誤。

父親！曹爽離開了。

……是嗎？

對任何事都應該保有一絲的懷疑，

那麼，我去訓練士兵了！

好，早去早回。

別忘了對手是司馬懿。

動作加快！我們必須抓準曹爽出去打獵的時機！

是，父親！

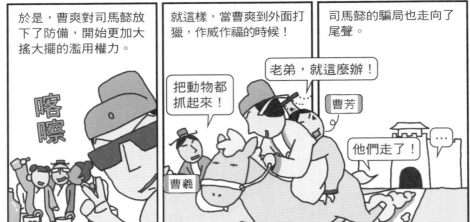

把從我手中奪走的兵權還回來⋯⋯。

我⋯⋯我會給你的！

我會交出兵權，所以能放我一馬嗎？

點頭

！

拜託⋯⋯拜託饒我一命！

⋯

我已經照你的意思去做了！兵權不是也轉交給你了嗎？

拜託你，把那把刀收起來。

司馬懿太傅！

您怎麼了？

您真的要饒過他？

⋯

⋯⋯當然不是。

我等這天等了多久！

曹羲
西元？年～249 年

啊！

呃啊！

曹爽
西元？年～249 年

走吧，該去伺候陛下了！

是！

父親是真正的忠臣。

魏國忠臣！

都做到這樣了，應該也算是忠臣了！

由於高平陵之變，魏國的政權此後落入司馬氏家族。

別哭了！陛下！我會一直服侍陛下！

三國時期，魏國勢力最為龐大，因此衝擊也相當劇烈。

竟然有這種事！司馬懿的獠牙終於露出來了！

我們在打架，很忙……。

此時，姜維雖然像諸葛亮一樣，打算趁亂出兵北伐，

衝啊！

嗶！

嗶！

呸光！

！！！

但這個計畫卻被魏國將領鄧艾阻止了。

門都沒沒有！別妄想了！

鄧艾

呿！

這場吳國太子之爭，

夠了！繼承我皇位的太子是……。

！

！

最後是孫權的小兒子──孫亮，被立為太子。

誰是孫亮？到底為什麼？！

不是嘛，那個……

呵呵呵……。

冒出

還不是多虧有我！呵呵呵。

結束？誰說的？

孫魯班！又是妳？！

事到如今，我不能再加入孫和派，父親與孫和間也產生嫌隙，所以這麼做對彼此都好。

父皇，您不是也討厭孫和嗎？而且孫亮也絕頂聰明！

……是嗎？

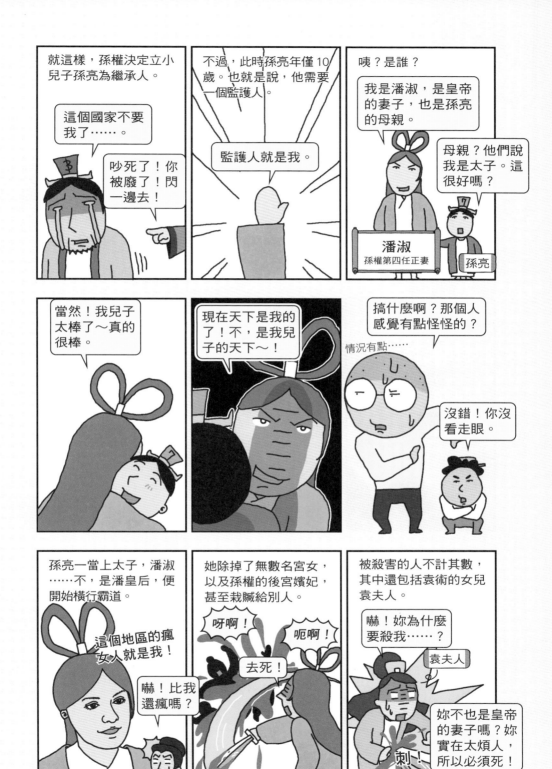

潘皇后為何要殺掉她們？

陛下身邊有我，就不需要其他人了，不是嗎？

有什麼辦法呢？她們有本事就當個大美女，生一個皇子呀！呵呵。

……

不過，潘夫人囂張不了太久，

呼呼大睡

……

平日裡飽受欺壓的宮女們，趁潘夫人熟睡時，把她活活掐死了。

去死吧！潘夫人！

額！咳……咳！

好，統整一下到目前為止的狀況吧？

二宮之變　被害人數統計

在二宮之爭，孫霸被賜死！孫和派及孫霸派底下的臣子，多半被剷除殆盡。而陸遜與潘夫人，以及幾名宮女和嬪妃，也全都斷送了性命。

老弟！

哥！

呀啊！為什麼我要下地獄？

不然妳以為會上天堂嗎？

……

而這一切都是因為孫權。

多虧你，我增加了不少業績。謝啦～

……

就這樣，孫權在晚年犯下了重大失誤。

……是呀，都是因為這個。

雖然事後孫權很後悔，但這些傷亡和損失，已無可挽回！

我雖然擅長爭奪權勢，卻也因此讓局勢發展到這等地步。

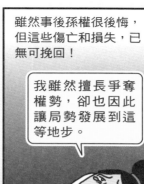

西元 252 年 4 月，孫權離開了人世，享壽 71 歲。

孫策

孫堅

……哈哈。

你活了這麼久，就這點出息？

孫權
西元 182 年～252 年

在這段期間，魏國也痛失了一名絕世奇才。

父親！

父親！

喔

這個人，就是司馬懿。

司馬師、司馬昭！我一輩子為魏國盡心竭力，我希望你們把這份忠心延續下去。

要時刻掛念國家政事！我相信你們能做得很好！

您放心。

是……父親。

好……我相信你們。

司馬懿
西元 179 年～251 年

父親！

父親！

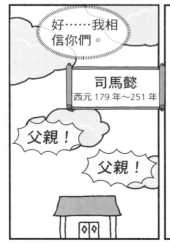

西元 251 年 9 月，司馬懿以高齡 73 歲，離開了人世。

……哥，你會照著父親的意思，為魏國犧牲奉獻嗎？

…

魏國就這樣落入了司馬氏家族的手中。連司馬懿僅存的忠心，也徹底消失。

才不會！要是那樣，我們何必造反？

嚴肅

是吧？

就這樣，動盪的時代過去了！

費禕
蜀國大將軍

諸葛恪
吳國大將軍

司馬師
魏國大將軍

才沒有！其實戰爭一直持續！

喔？真的嗎？

沒錯，此時的代表人物就是姜維。

此時，姜維一直試圖出兵北伐。

衝啊～！

我都說到此為止了！

而其中一個成果，就是活捉了魏國將領郭脩。

怎麼樣？這樣一來，就不算徹底失敗了吧？

…

嗯……

郭脩

不過，一想到郭脩日後的行為，這個能不能稱作成果還很難說。

…

另一方面，司馬師此時出兵攻擊吳國，

蜀國這次也失敗了，趁這段期間攻打吳國！

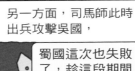

嗯～反正我們有鄧艾！

但在諸葛恪的反擊下，魏國的攻擊失敗了。

我就知道你會這麼想。

啊！

嗆

給我等著瞧！我諸葛恪馬上就過去了～！

是……是呀！我們有諸葛恪！

孫峻

作為諸葛瑾的兒子，諸葛恪的聰明才智，足以讓他當上吳國大將軍。

為什麼你的父親為吳國效力，叔父卻對蜀國忠心耿耿？

那是因為，我父親知道應該為誰賣命，但我叔父卻不懂！

當然囉～沒有我可不行～！

有點討人厭

叔父？你是說諸葛亮嗎？

你說什麼？你竟然說諸葛亮不知道該為誰賣命？

冷靜一點，他本來就是那種人。

沒錯，當年諸葛瑾為了躲避徐州大屠殺，逃到荊州。此時孫權的姊夫找上諸葛瑾，把他帶到孫權面前。

這個人很聰明。

我叫諸葛瑾。

孫權

絕頂聰明的諸葛瑾生下的兒子，作為吳國大將軍，再合適不過了，

……不過，他好像有點目中無人？

孫峻

天下也會稍微平靜一些。

呃啊！

〈西元253年，蜀國〉

然而，就在迎接新年的春節宴會中，發生了一起暗殺事件。而被害人……竟然是大將軍費禕？！

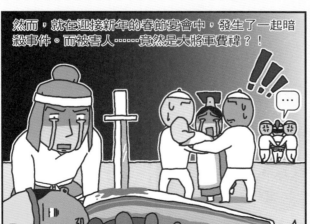

當初就不該留我一條命，直接殺了我才對呀！

被姜維抓回陣營的當下，郭脩做了一個決定。

──暗殺蜀國皇帝！

這是我唯一能報答國家的方法！

於是，郭脩打算在新春宴會上，暗殺劉禪。

...

我失策了！那裡的戒備太森嚴了！

咦？郭脩？

你在這裡幹麼？新年到了，你不喝酒嗎？

新年第一天，哪有人在哭？雖然不知道原因，你還是痛快的說出來吧！

...

......好，執行B計畫。暗殺大將軍！

就這樣，郭脩在執行計畫的當天，臨時改變主意，殺了費禕。

咿呀！

咳！

雖然郭脩因為這件事被處死，但在那之後，蜀國便開始走下坡。

真的嗎？我表現得很棒囉？

...

郭脩
西元
？年～253 年

費禕
西元
？年～253 年

不過，此時吳國同樣發生了一椿暗殺事件。

去死！

呃啊！

你這是做什麼！你……你不是很喜歡我嗎！

咳咳

孫峻！

……現在不是了。

西元253年，費禕被暗殺，吳國大將軍諸葛恪也離開了人世。

給你一個忠告，下輩子不要再這麼狂妄自大了！

呃啊啊啊！

諸葛恪
西元203年～253年

而且還是死在自己人的手裡！

我也沒辦法。不這麼做，我們應該早就被他殺死了吧？

諸葛恪確實阻止了魏國的攻擊，但這次他卻自作主張！

前輩們占領不了的下邳，我會親自拿下！

衝啊！

放馬過來！

要是成功就算了，但他被打得落花流水。

……

當然，戰爭本來就有輸有贏。不過他竟然把錯怪在別人身上，還打算殺了我們？

這是你的錯。

還有你！

都是你的錯！不是我的錯！

怎麼樣？如果是這種情況，他應該死不足惜吧？

……

……

蜀國與吳國各別失去了費褘和諸葛恪，

呃……你也是嗎？

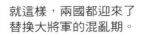點頭

就這樣，兩國都迎來了替換大將軍的混亂期。

…　　…

彷彿等待許久，魏國皇室也掀起一場腥風血雨。

曹操，你不是也做過那種事嗎？

…

曹芳趁所有人亂成一團時，準備起兵叛亂。

我現在 16 歲，不會再任由司馬氏擺布了。

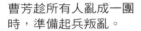曹芳

不過，曹芳根本不是司馬師的對手，

你說什麼？再說一次試試。

…

這起事的相關人物，甚至連皇后張氏，全都慘遭殺害，最後曹芳也被趕下臺。

不要啊～！哥，你別走！

你一定要成為明君……。

曹髦
第四任皇帝

許多魏國將領，對這件事相當不滿，因為皇帝被司馬氏家族趕走了！

＜魏國，壽春＞

……太得寸進尺了？

就是說啊？

毌丘儉　文欽

最終，魏國將領毌丘儉、文欽起兵造反。

這些傢伙！一定要殺了你們才會清醒是吧？

可惡！這些低等動物！我是為了抓你們才來到這裡……。

噗滋

！

！

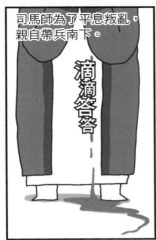
司馬師為了平息叛亂，親自帶兵南下。

滴滴答答

不過，據說當時司馬師的左眼，長了一顆巨大的腫瘤，

額呃⋯⋯

額呃⋯⋯

在鎮壓叛亂的過程中，被對手強大的氣勢給震住，於是腫瘤就爆開了！

啊啊啊！

我要向魏國投降！再見了～！

喂！文欽！

幸好這起事隨著毌丘儉死去，順利告一段落，

文欽那傢伙竟然還活著。

毌丘儉
西元？年～255 年

但當時權力最大的司馬師，也因為這件事離開了人世。

我這裡有幾個眼罩，你要嗎？

⋯⋯

司馬師
西元 208 年～255 年

雖然叛亂最終以失敗收場，但從長遠來看，也算是成功了。

哥⋯⋯。

那麼，接下來⋯⋯。

統一天下的人到底是誰？

？

魏國？蜀國？還是吳國？

只看結果的話，這三個國家都不是。

你說什麼？

都不是？

為什麼？

接下來，故事要稍微快轉。繼司馬師之後，司馬昭成為了下一任繼承人。

大哥死了！不過他會和我的心合而為一，繼續活下去。

此時，皇帝曹髦試圖除掉司馬昭，卻遭反擊，斷送了生命。

等等！我可是皇帝啊！……咳！

曹髦
西元 241 年～260 年

接著，曹奐被推選為魏國的最後一任皇帝。

我才當上皇帝，這麼快就說我是最後一任。

你應該很清楚？皇位隨便坐就行了！

曹奐

在此期間，吳國的孫峻因病去世，孫綝成為下一位接班人。

下一個大將軍就是我。

得意

孫綝

接著，孫綝把孫亮拉下臺，讓孫休坐上皇位。

你皇帝當得也差不多了。

啊！

哈哈……。

砰！

最後，孫休親手解決了孫綝，結束了大將軍治理朝政的局面。

孫綝
西元 231 年～258 年

你大將軍，當得也夠了吧？

咳！

在此期間，蜀國一直試著出兵北伐，

這次一定……。

……

但是總是以失敗收場。

TIME
00

……

過度的北伐，再加上層出不窮的貪汙腐敗，蜀國逐漸走向衰微。

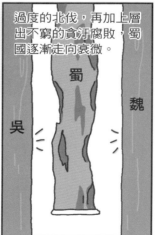

吳　　蜀　　魏

最後，西元 263 年，司馬昭派兵攻打蜀國。

攻擊一！

已經爛到谷底的蜀國，完全無法擋下這一波攻勢。

陛下！不對，劉禪先生，你也快逃吧！

喂！黃皓。你！

黃皓
蜀國宦官

最終，劉禪被魏國逮捕，蜀國走向滅亡。

〈蜀漢，西元221年～263年〉

…

而姜維作為蜀國忠臣，為國家奮戰到最後一刻，戰死在沙場上。

這大概是上天的旨意。

丞相，對不起！

姜維
西元 202 年～264 年

失去一方勢力，三國分裂成兩大陣營。不過雙方的差距實在太大！

魏

…

吳

在此期間，吳國由孫休的兒子孫皓繼承皇位，但情況沒有任何改變。

…

孫皓

這種情況下，我還能怎樣……☺

事到如今，魏國再也不需要被稱為魏國了！

父親，一路好走！

嗯，要好好活著！兒子～

司馬昭
西元 211 年～265 年

司馬昭一死，他的兒子司馬炎立刻奪走曹奐的皇位，

〈魏國，西元220年～265年〉

謝啦～阿奐，我會好好使用的！

把國家名稱改為晉！這一刻，曹操建立的曹氏王朝，徹底斷送在司馬氏一族的手裡。

噔噔！

別難過了，這本來就是我的。

司馬炎

即使時局混亂，吳國也不得不對晉國發動攻擊。

你們這些人，想試一試對吧？

為什麼？因為當上皇帝的孫皓變成了暴君，開始過著奢侈放蕩的生活。

我可是皇帝！想蓋自己的家，有什麼不對嗎？

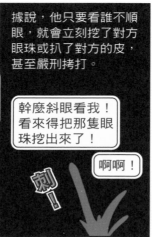

據說，他只要看誰不順眼，就會立刻挖了對方眼珠或扒了對方的皮，甚至嚴刑拷打。

幹麼斜眼看我！看來得把那隻眼珠挖出來了！

刺！

啊啊！

最後，吳國的人也開始想逃出去。

與其這樣，我們還不如直接向晉朝投降。

是啊，這裡已經沒救了！

此時，晉朝將領杜預，抓準了時機，出兵襲擊吳國。

誰都擋不了我！我的氣勢就像拿刀劈竹子一樣。

杜預

杜預以勢如破竹的氣勢，順利擊垮吳國。

呀！

呀啊！

西元 280 年，吳國滅亡了！皇帝孫皓就這樣被帶到洛陽。

歡迎！千里迢迢來到這裡，應該很辛苦吧？

...

希望您能滿意，我早已為你備好這個位子！

……是嗎？

正好！我在南方也準備了一個位子，等你很久了！

?！

這句話完全展現了孫皓的性格。投降的一國之君，唱反調竟如此理直氣壯。

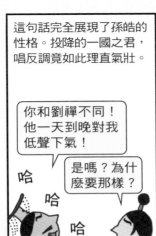

你和劉禪不同！他一天到晚對我低聲下氣！

是嗎？為什麼要那樣？

哈

哈

哈

總之，孫皓被送往晉朝的同時，吳國也被晉朝併吞。

〈吳國，西元222年～280年〉

晉

哎呀！

而晉朝也終於實現所有人的夢想，完成天下統一。

下面那些地都是我的！

晉朝

於是，持續了一百多年的三國志，畫下了句點……咦？大家都去哪了？

他們打起來了！

看來大家都受到了不小的衝擊！

說什麼鬼話？放開我？！

只要你不殺掉關羽……

各位都到此為止吧！該哭的人是我才對！

司馬炎？你哭什麼？

你不是最後的贏家嗎？

贏家？真的是那樣嗎？

雖然天下統一，但國家依然困苦，八王之亂＊，再加上自然災害……。

咳！

唰一啊！

洪水來了！

※ 發生於西晉末年。

西晉在西元 316 年滅亡了，我還算得上是贏家嗎？

沒錯，作為過來人，你們口中的天下統一，

就算真的實現了，也沒屁用。

秦始皇

秦始皇！

我是中國首位皇帝，但那時的帝國現在還存在嗎？在我之後，出現了劉邦和項羽，在他們之後不是還有你們嗎？

劉邦

項羽

咦？是祖先？

……

……

總歸一句，天下分久必合，合久必分。

這麼一說……。

真的是那樣。

嗯……。

是呀，不論是秦始皇的秦朝，還是劉邦的漢朝，又或者是司馬炎的西晉，都會有滅亡的一天。

萬物都有盡頭，是自然的法則。我們有什麼好吵的？

！

不過……最起碼能被記住也是件好事，不是嗎？

是嗎？那當初不應該追求天下統一囉？

不知道。但至少能留名於後世，也還不賴？

……

……

遺憾也好，空虛也罷，各位的故事已經結束了。

！

！

！

怎麼樣？空虛寂寞覺得冷嗎？

……

……

……

最後，有什麼話想說的嗎？

沒辦法和弟弟們在同一天離開人世，有點可惜。

我想對荀彧、曹昂，還有除了他們以外的許多人道歉。

沒關係。

我也沒關係，父親。

孩子一次疼愛一個就好！

什麼東西！

嗚～

現在大家都叫我「神」，所以……

我的哥哥們，是我人生中最大的驕傲。

轉身～

笑到最後一刻的人，才是贏家？

我在孫權的軍隊裡也是天才！知道了吧？

……我嗎？

嗯……

……亂世出英雄？

卡！謝謝大家！

三國 ^{噓!} 攻略筆記

蔣琬

蜀國的宰相。繼諸葛亮之後，
對蜀國的國力貢獻良多。
12 年後，因病離開了人世。

> 孩子們，平常要
> 好好注意身體，
> 知道嗎？

> 注意身體健康還是
> 有可能會死……。

費禕

繼蔣琬之後的蜀國宰相。
比起處理國家內部的政事，
費禕對外交更有興趣。
厭惡過度北伐，所以經常與姜維起衝突。

董允

負責維持皇宮的秩序。
蔣琬死後，費禕接替他的位置；
同樣的，董允也承接了費禕的工作。
據說，後來因為工作量太大，
過勞而死。

費禕，這麼
多事情，你
到底是怎麼
完成的？

你是高句
麗的東川
王嗎？

是呀。

高句麗 vs. 魏國

西元 238 年，公孫淵的勢力被剷除，
此時東川王正統治著高句麗。
在那之後，高句麗和魏國之間經歷好幾次戰爭。
直到東川王的兒子中川王繼任後，戰爭才平息。

王凌之亂

司馬懿掌握政權之後，
魏國將領王凌準備起兵反叛，
於是司馬懿立刻派出軍隊鎮壓，
將王凌處決。
然而，過沒多久，司馬懿也離開人世。
當時，有許多傳聞都說，這是王凌的詛咒。

我只是……因為那裡有山……。

鄧艾

魏國的宰相。
成功阻攔好幾次姜維的北伐計畫。
直到 70 歲還親自領兵上戰場攻打蜀軍。
後來遭他人陷害，被司馬昭下令處死。

司馬衷，賈南風

司馬衷是司馬炎的兒子，
也是晉朝第二任皇帝，賈南風則是他的正妻。
司馬衷雖然繼承父親的位置，當上第二任皇帝，
但他總是做出一連串破天荒、超乎想像的愚蠢行為。
而大名鼎鼎的壞女人賈南風皇后和司馬衷，
也是讓國家變得更加混亂的罪魁禍首。

何不食肉糜？

國家與我無關！現在的太子不是我生的，所以我要殺了他！

TELL 064

上課想偷看的三國志 2

從赤壁之戰到三分歸一統，草船借箭、劉備借荊州、
周瑜獻計、黃蓋苦肉計、夷陵之戰，贏家做了什麼？

作　　　者／Team. StoryG
譯　　　者／劉玉玲
責任編輯／黃凱琪
校對編輯／許珮怡
副總編輯／顏惠君
總　編　輯／吳依瑋
發　行　人／徐仲秋
會計助理／李秀娟
會　　　計／許鳳雪
版權主任／劉宗德
版權經理／郝麗珍
行銷企劃／徐千晴
業務助理／連玉
業務專員／馬絮盈、留婉茹
行銷、業務與網路書店總監／林裕安
總　經　理／陳絜吾

國家圖書館出版品預行編目（CIP）資料

上課想偷看的三國志 2：從赤壁之戰到三分歸一統，
草船借箭、劉備借荊州、周瑜獻計、黃蓋苦肉計、
夷陵之戰，贏家做了什麼？／Team. StoryG 著；劉
玉玲譯 . -- 初版 . -- 臺北市：大是文化有限公司，
2024.06
272 面；17 × 23 公分 . --（TELL；064）
譯自：처음 읽는 삼국지 1~3

ISBN 978-626-7448-23-6（第 2 冊：平裝）

1. CST：三國演義　2. CST：漫畫

857.4523　　　　　　　　　　　　　113003234

出　版　者／大是文化有限公司
　　　　　　臺北市 100 衡陽路 7 號 8 樓
　　　　　　編輯部電話：（02）23757911
　　　　　　購書相關諮詢請洽：（02）23757911 分機 122
　　　　　　24 小時讀者服務傳真：（02）23756999
　　　　　　讀者服務 E-mail：dscsms28@gmail.com
　　　　　　郵政劃撥帳號：19983366　戶名：大是文化有限公司

法律顧問／永然聯合法律事務所
香港發行／豐達出版發行有限公司 Rich Publishing & Distribution Ltd
　　　　　　地址：香港柴灣永泰道 70 號柴灣工業城第 2 期 1805 室
　　　　　　　　　　Unit 1805, Ph.2, Chai Wan Ind City, 70 Wing Tai Rd, Chai Wan, Hong Kong
　　　　　　電話：21726513　傳真：21724355
　　　　　　E-mail：cary@subseasy.com.hk

封面設計／禾子島　內頁排版／王信中
印　　　刷／鴻霖傳媒印刷股份有限公司

出版日期／2024 年 6 月　初版
定　　　價／新臺幣 450 元（缺頁或裝訂錯誤的書，請寄回更換）
I S B N ／978-626-7448-23-6
電子書 ISBN ／9786267448168（PDF）
　　　　　　　9786267448151（EPUB）